溺甘パパな幼馴染みドクターは、婚約破棄を選んで秘密のママになった私を執着愛で逃がさない

m a r m a l a d e b u n k o

砂川雨路

マーマレード文庫

目次

溺甘パパな幼馴染みドクターは、婚約破棄を選んで秘密のママになった私を執着愛で逃がさない

溺甘パパな幼馴染みドクターは、婚約破棄を選んで秘密のママになった私を執着愛で逃がさない

プロローグ

大我くんが私の住むおんぼろアパートに突然やってくるのはいつものことだった。
子どもの頃も学生の頃も、研修医になってからも。
だけど、今日は様子が違う。彼の張りつめた表情からもそれが伝わってくる。

「ちづる」

無造作に差し出してきた封書。取り出してみるとそこにはＤＮＡ鑑定書とある。父子鑑定書には大我くんの父親である和之おじさんと私の名前が並んでいた。

父子関係はないと記載がある。

「これ……」

「以前調べた」

「私たちが兄妹じゃないのなんて……顔見たらわかるじゃない」

「念のためだ」

大我くんは厳しい顔で言い、それから私の肩に触れた。あ、と思ったときにはもう抱き寄せられていた。

「大我くん、待って」

「ちづると俺は兄妹じゃない」

　こうして彼に抱きしめられたのはたぶん子どもの頃以来だろう。思ってもみなかったとは言わない。私と大我くんの間に流れる緊張感はもうギリギリで、あふれる寸前のコップの水みたいなものだった。いつこうなってもおかしくはなかった。

「俺はおまえを抱くぞ」

　私の首筋に顔を埋めた彼の表情は見えない。だけど、その言葉に宿る強い感情に抗えるはずなどないのだ。

　私だって、彼を好きだから。好きで好きでたまらないから。

「うん」

　私は小さくうなずき、彼の背に腕を回した。

一　幼馴染みという関係

目覚めるとちょうど日の出の時刻のようだった。カーテンの隙間からひと筋の明かりが差し込んでいる。

今日もよく晴れそうだ。木造アパートの朝は存外冷え込み、膝を抱え込む格好で布団にくるまり直した。子どもの頃から住んでいる一階の角部屋は、築年数が経っていて隙間風が入る。祖母が存命中は、ふたりで布団の中で足を温め合ったものだけれど、今は私ひとり。文明の利器、電気毛布が味方だ。

「名残惜しいけど、起きなきゃね」

冬の朝の布団から離れがたいのは誰しも一緒。どうにか起き上がり、もう布団に戻れないようにさっさと畳む。居間に出て年代物のエアコンのスイッチを入れた。顔を洗って朝の仕度を始めなければならない。

朝食は昨夜の残りの野菜炒め(いた)めを麺つゆと卵でとじてどんぶりにした。ハムもつけたのでこれは朝から豪華だなと満足な心地だ。朝はこうして冷凍ごはんを解凍するか、安いときに買いだめをしておいた食パンをトーストしている。ごはん党なのでお米の比率が高いけれど、金欠のときは食パンの安さに救われている。

着替え終わって、最低限のメイクをほどこした。これは大人としてのたしなみ。正直に言えばメイク道具に割くお金も貯めたいけれど、私の勤め先は会社の事務所で来客もある。ノーメイクだとただでさえ子どもっぽい顔がもっと子どもじみて見えてしまうからメイクは必須なのだ。

私の顔ときたら、低い鼻にまん丸な目、可愛いというより愛嬌のある動物チックな造りで、我ながら美人とは形容しがたいよなあと残念な気持ちになる。

ふわっとしたクセ毛をひとつにまとめたところで、ピンポーンと玄関のチャイムが鳴った。

「はーい」

出ると、ドアの向こうには幼馴染みが立っていた。

斯波大我、ふたつ年上の幼馴染みは、ネックウォーマーに顔の下半分を埋め、けだるそうな目をしている。

「大我くんおはよう。夜勤明け？」

「寒い。部屋に入れろ」

偉そうだけれど、彼は私に対して万事この調子なので、こちらも慣れっこだ。むしろ、お互い二十六歳と二十四歳になったのに、子どもの頃からの態度を一切変えないのは彼らしいなと思う。

「私、もう出勤だよ」

「すぐにか？」

「十分後くらい」

「じゃあ、入れろ」

そう言って、私を押し込むように玄関に入り、靴を脱いだ。相変わらず勝手だ。

大我くんはお父さんの運営する斯波総合病院で研修医をしている。抜きん出て賢かった彼は、地元の公立校を卒業し、難関私立大の医学部に入学。昨年の四月から研修に入っている。

お父さんである和之おじさんはきっと、優秀な息子が将来斯波総合病院を継ぐことを期待しているのだろう。そして、それはほぼ実現するに違いない未来だ。

「出勤する頃だろうなとは思ってた」

「それなら、なんで来たのかな」

大我くんは勝手知ったる様子で、居間のローテーブルの横にどっかりと座った。ネックウォーマーを外して、ジャケットを脱ぐ。彼の綺麗な顔は、夜勤明けと冷えのせいか、彫刻のように白く見えた。窓から入った朝陽が私より薄い色味の髪と睫毛を透かす。綺麗だなあと思いながら、私は温かいカフェオレを作ってテーブルに置いた。

「ミルクは入れなくていいのに」

「どうせ、朝ごはんまだでしょ。すきっ腹にブラックコーヒーはお勧めしないよ」

文句を言いつつ、大我くんは私の出したカフェオレに口をつけた。大きなマグカップは、彼専用のもので、ずいぶん前からこの家にある。そのくらい彼はよく私のアパートにやってくる。

斯波総合病院は大通りのバス停からバスなら五分、徒歩でも十五分という吉祥寺駅に近い立地にある。彼の自宅はバス停からさほど遠くない。自宅を通り越してわざわざ我が家にやってきたのだろう。我が家に寄らなくても自宅に帰ればいいのだ。おそらく、彼のお母さんが朝食を調えてくれているのだろうし。

「飲んだら、一緒に家を出てね」

「今日は非番だから、おまえが帰ってくるまでここで寝る」

留守宅で眠ると言うのだから、大我くんはいつも通り我儘だ。

「うち、寒いよ」

「いい」

「だーめ。おうちに帰りなさい」

大我くんは面白くなさそうに下を向いて、それから五分ほどかけてマグカップのカフェオレを飲み干した。


ふたりで連れ立ってアパートを出たのは午前七時半。私の勤務先は同じ町内にある工場だ。事務員として小さなオフィスに勤めている。

「今日、寒いぞ。もう少し服着ろ」

隣を歩きながら大我くんが言った。私はカットソーに薄手のショートダウンを着ている。下はチノパンツだ。

「吉井（よしい）工場長の奥さんが寒がりだから、事務室はエアコンがすごく効いてるんだ。カットソーの上に、作業着の上を制服代わりに着るし、これ以上あったかい格好すると暑いんだもん」

「ダウンが薄っぺらいって言ってんだよ。外歩くときくらい防寒しろ。おまえ、寒がりだろ」

「そうだねぇ」

実は真冬用のロングコートがあったのだけれど、高校時代からずっと着ていたため、裾がほつれ袖が擦りきれてしまったのだ。直し直し使っていたものの、さすがに繕いきれない破れを発見し、着るのをやめてしまった。

新しいものはまだ買っていない。この冬は薄手のショートダウンでしのいで、シーズンの終わりに値下がりしたところを狙って厚手のものを新調しようと思っていた。

「持ってないなら、今度買ってやる」

「え、いいよ、いいよ！」

ぼそりと言われた言葉に慌てて断りの言葉をかぶせる。彼はたぶん、私が毎年着ていたコートのぼろぼろ具合を覚えている。

「初期研修医時代はお金ないって聞くし。そんなに気を遣われると困っちゃうからさ！」

「残念ながら、俺は実家で研修中のボンボン研修医だからな。まあ、余裕はある」

皮肉げに言うあたり、職場の他の医師に揶揄(やゆ)でもされたのだろうか。御曹司研修医にも色々あるに違いないが、能力もプライドも高い彼は私に弱音など吐かない。愚痴くらい聞くのにと思うけれど、そういった話をしたくないなら、それを水くさいと思うべきではないだろう。

それはそうとして、購入させるのは駄目だ。

「クリスマスも新しいカーペットを買ってくれたし」

「あれは、おまえの部屋のカーペットが薄くなって、見るも無残な有様だったから仕方なくだ。俺が昼寝できない」

「昼寝しなくていいから。ともかく、私のためにお金使わなくていいの」

私が言い張ると、大我くんはむうっと黙る。かなり面白くなさそうだ。しばらく黙って、それから渋々といった様子でうなずいた。

「おまえがいいって言うならわかった」

「そうそう」

確かに私はあまり裕福な暮らしはしていないが、幼馴染みの大我くんに頼って生きるつもりはない。何しろ、彼には今後人生をともに歩む存在が現れる。そんなとき、私の存在は邪魔だ。

(幼馴染みといっても、正しい距離でいなきゃ)

大我くんに近づきすぎてはいけない。大我くんに甘えすぎてはいけない。私たちは兄妹みたいに育ったけれど、やっぱり他人なのだ。

近所なので、あっという間に勤務先の吉井電子の工場に到着する。

「じゃあね」

「ちづる」

背を向け門をくぐると呼び止められた。振り向けば、大我くんが私をじっと見ていた。

「今夜、空けとけ」

「ラーメン？」

「そうだよ。おごってやるから、ついてこい」

私は笑ってうなずいた。

たまにラーメンをおごってもらう関係。そのくらいがたぶん私と彼にはちょうどいいのだ。


二十三区の端っこ、練馬区西ノ関町(ねりまくにしのせきまち)で私は生まれた。広い練馬区でも下町情緒の残る土地で、最寄りは私鉄駅だがＪＲ吉祥寺駅周辺の大繁華街も近い。

父の顔は知らない。祖母と母と、この小さなアパートで暮らしてきた。

定職につかず、さまざまな男性を渡り歩いていた母・千寿子(ちずこ)は、私が小学生のときに家を出ていき、私を育ててくれたのは祖母の鶴子(つるこ)だった。

祖母は今私が勤めている吉井電子で同じように事務員をし、生計を立てた。しっかり者の祖母との生活は厳しいと感じることもあったが、それ以上に愛を感じる日々だった。

いなくなった母のことは毎日考えたし、会いたいと思ったけれど、悲しんでいれば祖母が気にする。私は母の話は極力しないようにし、祖母と仲良く生活していくために努力した。

大我くんは同じ町内で家が近所だった。祖母の代はもっと近所に持ち家があり、近所付き合いで親しくしていたそうだ。母と大我くんのお父さんである和之おじさんも幼馴染みという関係だったらしい。亡き祖父は斯波総合病院で闘病し、最期のときを過ごしたとも聞いている。

今の木造アパートに引っ越したのは、祖父の治療費と母が作った借金で家を手放さざるを得なかったから。それが、私が生まれた頃だという。

大我くんは、いわゆる町のガキ大将だった。男子たちの中心人物で、いつも何人もの取り巻きを連れて遊んでいた。近所には同世代の女子が少なく、いてもおとなしい子ばかりだったので、私は男子に交じって大我くんの遊びについていった。男子の方が私の遊びのペースに合ったのだ。

おじさんから面倒を見ろと言われたせいか、大我くんは私を邪険にはしなかった。

もちろん面倒くさそうな様子は隠さなかったし、私が男子たちの列から遅れたり遊びの和を乱せば『ちづる、遅い！』『置いていっちゃうぞ！』と容赦なく叱られた。それでも、大我くんは私の味方だった。

みんなで遊んで、帰り道は必ず私をアパートまで送ってくれた。

『ちづるは俺がいないとすぐに泣くからな』

そう言ってお兄さんぶって相手をしてくれた。

私は大我くんが大好きだったし、本当のお兄ちゃんならどれほどいいだろうと思った。背が高くて、顔立ちは綺麗といってもいいくらい整った大我くん。力が強くて、声が大きくて、意地悪だけど、面倒見がいい大我くん。彼は私の世界で燦然と輝く太陽だったのだ。

母が失踪したときも、そばにいてくれたのは大我くんだった。

その日、小学三年生の私が家に帰ると、いつも昼からお酒を飲んでいる母がいない。母の荷物がいくつかなくなっていることに、子どもながらただならぬ予感を覚えた。遊ぶために迎えに来た大我くんは、べそをかく私を見て、すぐに工場の祖母を呼びに行ってくれた。それから、祖母が心当たりを捜す間、私の隣にいてくれたのだ。

『千寿子おばさんは、たぶんお酒を買いに行ってるだけだ。ほら、千寿子おばさんの好きな甘いお酒がもう冷蔵庫にない。きっとすぐに帰ってくる』

母がどこか遠くに行ってしまったのが、私にもわかっていた。それでも、大我くんは私の背を撫(な)で何度も何度も励ました。

『泣くな、ちづる。俺が一緒だ』

結局母はそのまま失踪してしまった。若い頃からよくあることらしく、捜索願は出さなかった。そのあと、祖母には今住んでいる家の住所と金の無心を伝える手紙がきたそうだ。

大我くんは、むやみに優しくするような態度は取らなかった。変わらず私を遊びの仲間に入れてくれ、母についていては何も言わなかった。

ただ、母がいなくなりアパートにひとりきりで過ごすことが増えた私について、部屋に上がり込むようになった。祖母が帰ってくるまでふたりでトランプやウノをして遊ぶのはとても楽しかった。

一方で、大我くんの母である房江(ふさえ)おばさんがあまりそれをよく思っていないと知っていた。房江おばさんからしたら、我が家はちゃんとした家庭ではなかっただろうし、彼の家よりはるかに貧乏。そんな家の子どもと親しくしているのは面白くなくて当然かもしれない。

それでも大我くんと私の友情は続いた。大我くんは私立の名門中学ではなく、中学も高校も地元の公立校に通った。私も入学した学校で、理由は『近いから』だった。もちろん大我くんは並外れて頭がよくて、中高ともにトップの成績を取り、おじさんの意向通り医学部に入学した。

私は高校の頃に祖母を病気で亡くした。闘病期間はわずか半年だった。

祖母は亡くなる間際に言った。

『おばあちゃんの保険金とは別に少しだけお金を残してある。昔の家を売ったお金とおじいちゃんの遺してくれたお金だ。これは絶対に千寿子に渡しちゃいけないよ。ちづるが幸せになるために使いなさい』

祖母は心配していたのだろう。金にも男にもだらしない母が、私にたかることを。

『進学してもいい。結婚資金にしてもいい。ちづるが幸せになってくれるのだけがおばあちゃんの望みだよ』

私はうなずき、約束した。死が迫る祖母にしてあげられるのはもうそれだけだった。

『わかった、おばあちゃん。私、必ず幸せになるから』

祖母が亡くなり、就職は祖母の元勤め先である吉井電子の社長夫妻が声をかけてくれた。私は祖母と同じ事務員として雇ってもらい、二十四歳の今日まで六年間働いている。

贅沢はできないけれど、私ひとりなら充分食べていけるお給料をもらっている。職場の人はみんな優しいし、生まれ育ったこの西ノ関町には知り合いも多い。

私を気にかけてくれる幼馴染みもいる。

だから、私はこの先もこうして生きていくのだと思う。

祖母と約束した幸せが何かはまだわからないけれど、少なくとも日々は明るく充実している。今はそれでいいのだと思う。


「美味しかった〜」

その晩、仕事のあとで大我くんは本当にラーメンをおごってくれた。吉祥寺駅近くに新しくできたお店だ。行列に並んだけれど、魚介とんこつの濃厚なスープはとても美味しく、並んだ甲斐はあったのではないだろうかと思う。

「まあまあだったな」

「素直に美味しいって褒めればいいのに」

平日夜のサンロードは人が多い。塾にでも向かっているような制服の女の子、弁当のレジ袋を手に帰路を急ぐスーツの男性、飲食店に入っていく大学生風の青年たち。

がやがやと騒がしい、平和な地元の繁華街の光景だ。

「朝の話」

「ん？　何？」

　突然大我くんが私の腕をつかんだ。そのまま腕を引かれ、アーケードにあるレディースの洋品店に入っていく。

「なになに？」

「ロングのダウンでも買えよ。俺が出すから」

「え、いや、本当に大丈夫！」

　朝の話とは、上着のことだ。どうやら、私の服装がよほど寒そうに見えるらしい。慌てる私に向かって、手近にある黒いダウンを取ってみせる。

「この店、高校のときも服買ってただろ。そんなに高くないから気にするな」

　どうやら私が値段的な部分で購入を悩んでいると察しているようだ。確かにこの店は若い女の子がお小遣いやバイト代で買いやすい値段の服が並んでいるし、大我くんが手にしているダウンコートも三千九百八十円だ。

「このくらいで貸しだの借りだの考えるな。俺はおまえに、隣で寒々しい格好をしていられるのが嫌なんだよ」

「うう、心配かけてごめん。それなら私、自分で買う。そのくらいのお金あるし」

「いいって言ってるだろ」

頑として聞かない彼。こうなると絶対引かないのがわかっているので、私は苦笑いをして頭を下げた。

「わかりました！　それなら、お言葉に甘えちゃいます。ありがとう、大我くん！　選んでいいかな？」

大我くんはようやく納得したようにうなずいた。

色々眺めてブラウンのダウンコートを選んだ。化繊の中綿が入っているものだ。もこもこかさばってスタイリッシュさはないけれど、今の薄手のダウンよりずっと暖かいだろう。

「えへへ、ありがとう」

「本当はこの百倍くらいの価格帯のものを買ってやるつもりでいた」

「怖い怖い。そんな高いコート、怖くて着られないってば」

大我くんが着ている中綿入りのジャケットはおそらくそのくらいの値がするのだろうなと思った。私と彼はつくづく違う。同じ町で育っただけで、本当は接点なんか持てないくらい違う。

生まれ、生活水準、職業、学歴、容姿……。

適正な距離でいたいと思うのはそういう理由。まったく違うふたりが、幼馴染みだからと寄り添い合っていてもいいことなんかきっとない。いずれ離れる道が見えるなら、いつまでも子どものふりをしていても仕方ないのに。

「お礼しなきゃ。何がいい？」

「次の休み、カレー」

「はいはい。了解」

大我くんは知らないだろう。

私はもう、ひとりだとカレーは作らないのだ。ハンバーグも餃子も、私ひとりなら買って済ませてしまう。私がカレーを作るのは、大我くんが食べに来てくれるから。

そんなことを言ったら重たいだろうし、また私たちの距離があやふやになってしまうから言わない。


大我くんと私の休みはかぶることもあれば、かぶらないこともある。私は土日が休日、彼は流動的だ。基本は日曜らしいけれど、初期研修中の彼は配属されている科によって休み状況が変わるらしい。来年からは外科が主になるだろうとのこと。

和之おじさんは外科医だし、大我くんも初期研修が終わったら後期研修には進まず、外科に入るそうだ。お父さんの元で腕を磨くのだろう。

そんなわけで、本日金曜の夕方に大我くんが吉井電子まで私を迎えに来ると言ったのは、たまたまこの日が休みだったからだ。今日は約束通り我が家でカレーを作る。

終業時間が過ぎ、私は掃除をしながら大我くんが来るのを待っていた。

「大我くん、ちづるちゃんの迎えかい？」

事務所に顔を出した大我くんに吉井工場長が声をかける。大我くんも子どもの頃から工場長夫妻とは顔馴染みだ。

「本当にお兄ちゃんみたいだね、大我くんは」

奥さんも言い、私は苦笑いでうなずく。

「大人になっても、大我くんには心配と迷惑をかけてます」

「工場長、キヨさんの薬が切れるだろうから、そろそろ来てくれって内科の斎藤先生が言ってましたよ」

大我くんはさらっと伝言を口にする。キヨさん……、吉井工場長のお母さんは九十代で、斯波総合病院の患者だ。

こういった会話ができるのは、私たちが子どもの頃から家族ぐるみの付き合いをしているからでもある。

「OK、OK。来週にばあちゃんを連れていくよ。そうだ、大我くんも聞いてくれよ」

吉井工場長が楽しそうに私の元にやってくる。

「なあ、ちづるちゃん、見合いをしてみる気はないか？」

見合い。

寝耳に水とはまさにこのことだ。見合いとは私が誰かとする、という意味だろうか。

「お見合いなんて……考えもしなかったですよ」

驚きを隠しきれず、やっと出た声は間が抜けていた。

「いやあ、鶴子さんが亡くなって、ずっとちづるちゃんの身が心配だったんだよ。十代で天涯孤独になっちまうなんて」

工場長は人の好い顔でなおも言う。

「六年もうちで頑張ってくれているけど、少ない給料じゃ若者らしい遊びもできなくて大変だろう。何より、安定した生活をしてほしくてね」

「工場長、私の生活は安定してますよ。お給料も充分いただいています」

「古い考えかもしれないけどね。結婚すれば、生活も心ももっと安心だろう？　鶴子さんもちづるちゃんがいい人と縁付いてお嫁に行ったら、天国でほっとすると思うんだよな」

あ、と言葉を切って、工場長が私の顔を覗き込んでくる。

「それとも、ちづるちゃん、誰かいい人がいるのかい？」

「それは……いませんけど」

大我くんをちらりと見る余裕もない。この気持ちは隠しているものだし、大我くんだってはっきり気づいてはいないはず。否定が正解だ。

「そうかそうか。それならちょうどいい。ほら、この人だよ。年はちづるちゃんよりひと回り以上は上だし、バツイチなんだけど、本当にいい男なんだよ。保証する」

開いた台紙には写真があり、四十代とおぼしき男性が写っている。髪の毛は薄くもないし、太ってもいない。おとなしそうな男性だ。

「前田さんっていって、取引先の官々商事の課長さん。隣の西東京市に持ち家があって、趣味は愛犬と散歩だって。ちづるちゃん、動物好きだったよなあ。気が合うんじゃないかな」

「あの、でも……」

「大我くんも大事な妹分には幸せになってほしいよなぁ。大我くんだって、もう何年かすればいいところのお嬢さんをお嫁にもらうんだろ。その前にちづるちゃんが幸せになってくれたら安心だよな」

吉井工場長のセリフに、知らずきゅっと唇を噛み締めていた。

それは私だけじゃなく、彼を知る人間はみんな考えていることだ。この地区で有名な総合病院の跡取り息子の大我くんは、それなりの家柄の女性と結婚するに違いない。彼の父である和之おじさんだってそうで、大我くんのお母さんは政治家一家の末娘だそうだ。

大我くんにもきっと良家とのご縁が用意されているだろう。

「ちづるちゃん、この週末に考えておいておくれよ」

「はい……」

私は曖昧にうなずいた。大我くんの顔は見なかったから、表情はわからないけれど、彼はずっと黙っていた。

ふたり並んでアパートに帰る間、大我くんはほぼ無言だった。

何を考えているのだろう。不機嫌というよりは思案しているように見える。

私の見合いの件だろうか。それとも、彼自身の結婚だろうか。もうそういった話が出ているのだろうか。聞きたいけれど、聞けない。

「カレーの材料は買ってあるからね。大我くんはお米研いでよ」

「おう」

声をかければ、返事はくるけれど、会話はそれで終わってしまう。なんとも歯がゆい空気だ。

帰宅し、上着を脱いで手を洗う。私が冷蔵庫から野菜を取り出す間に、大我くんは米を計量カップで量り、腕まくりをして研ぎ始めた。狭いアパートのキッチン。昔はよくこうして祖母と並んで料理をした。今は大我くんが隣で手伝ってくれる。

だけど、お互い結婚するなら、もうこういった関係は終わりにすべきだろう。

どれほど仲のいい幼馴染みで、兄妹のようなものだといっても、それを互いのパートナーが理解し得るとは思えない。

そして、私がもし今回のお見合いを断っても、彼の幸せな未来は私とは関係のないところで決まるだろう。私に彼の邪魔はできない。邪魔なんかしたくない。

大我くんには誰よりも幸せになってほしい。ぶっきらぼうで意地悪で、ちょいちょいお子様なところもある大我くんだけど、本当は誰よりも優しくて男気があって……。

私はそんな大我くんが大好き。

絶対に口には出さないけれど、彼が世界で一番好き。大好きな人だからこそ、最高の幸せを手に入れてほしい。

「お見合いなんて驚いちゃうよね。私みたいな身寄りのない人間にも、そんな話がくるんだ」

じゃがいもの皮を剥きながら、敢えて明るい声で言った。大我くんは米を洗い終え、もう炊飯器にセットしているところだ。

「吉井工場長は……、ばあちゃんの代わりにちづるの面倒を見たいんだろ」

ぼそっと大我くんが答える。

「あの人たちは、女は結婚すれば幸せになれるって思ってる。ちづるはとろいから、相手を世話してやるのがいいって」

「とろい、かあ。そんなふうに思われてそうだなぁ、確かに」

具材を切り終え、フライパンを準備した。玉ねぎを最初にしっかり炒めて、じゃがいもと人参を入れた。大我くんは豚バラのカレーが好きだから、ちゃんと用意してある。

「裕福な男性を探してくれたのかな」

「バツイチで、おまえよりずっと年上だぞ」

「年齢は関係ないよ。もしかすると、先方が結婚できる女性を探してるんじゃないかな。それで吉井工場長が、私ならちょうどいいって話を持ってきたのかもよ」

結婚は家と家の繋がりだ。私のように父の顔も知らず、母は行方知れず、祖父母も亡くしているという条件では、縁を結びたくないと考える人もいるだろう。会ってくれるだけありがたいと思うべきだ。

工場長も、お金があって人柄がいいという条件を優先して考えてくれたのだろうし、年齢や結婚歴なんて些末なこと。

「私が結婚したら、吉井工場長も奥さんも安心だよね。大我くんだって、私に世話を焼かなくてもよくなる」

「俺は別に世話を焼いてるつもりはない」

豚バラを入れさらに炒め、鍋に移した。たっぷり二日分作ろう。明日もカレーだ。

「カーペットやダウン……充分、面倒見てもらってるよ。結婚かぁ。私ひとりだったら考えもしなかったけれど、こんなお話、最初で最後かもしれないよね」

そのとき、大我くんが私の腕をつかんだ。手にしていた計量カップから水がこぼれる。驚いて彼を見ると、真剣な瞳が私を射貫いていた。

「おまえはそれでいいのか？」

大我くんの瞳は薄い琥珀色。全体的に私より色素の薄い彼は、整った顔立ちと相まって、たまに神がかった美しさを感じさせる。

厳しい表情で私を見据えるその姿も、一枚の絵のようだった。

「この週末、ちゃんと考えるよ」

私はにっこり笑って答えた。


やがて美味しそうな匂いが家中に漂い、カレーが完成した。大我くんが好きなのでルーは辛口を選んでいるけれど、私はそこまで辛いものが得意ではない。もっと辛くしたいときはチリパウダーを入れてもらうことにしている。

私たちはそれ以降、他愛のない話をしながらカレーを食べた。辛くて美味しいカレーだった。

二　叶わないと知っている

子どもの頃から、誰より近くにいてくれた男の子が大我くんだった。彼は私の大事なお兄ちゃんだった。

この気持ちが恋であると、小学生時代には気づいていた。どの男子より格好よくて、意地悪だけど優しい大我くん。母がいなくなった日も、それからもずっと隣にいてくれる大我くん。

しかし、それが叶わない恋であるともわかっていた。

大我くんは斯波総合病院の跡取りで私は貧乏な庶民。同じ学校に通っていても、生活も未来も天と地ほどの差がある。

小学生時代に何度か訪れた大我くんの自宅は豪邸で、私の住んでいる木造アパートいくつ分の広さだろうと驚いたものだ。

また、彼の母親、房江おばさんからの嫌悪は露骨だった。嫌な顔をされたのも一度や二度ではなく、遊びに行ってそれとなく追い返されたりもした。

房江おばさんからすれば、私は近づいてほしくない人間だろう。生活水準は大きく違うし、母親は定職にもつかず昼間から酒を飲んだり、男と遊び歩いているような女。

一方で、大我くんのお父さんである和之おじさんは昔から私に親切だった。大我くんと遊んでいるとお菓子をくれたりした。母が家にいる頃はたまにやってきて、母に何か諭しているようだった。母が消えたあと、祖母から聞いた。和之おじさんにとって母は妹のようなもので、しっかりしていない母をいつまでも気にかけてくれていたそうだ。まるで大我くんが私を気にかけてくれるように。

高校に上がる頃には私も理解した。房江おばさんにことさらに嫌われているのは、和之おじさんと母の幼馴染みという関係性もあったのだろう、と。父親のいない私を、もしかすると和之おじさんの不貞の子だと思っているかもしれない。

私と大我くんが兄妹のわけがない。ふわふわクセ毛で平凡な顔立ちの私。琥珀色にも見える薄茶の瞳と綺麗な髪を持ち、彫刻のように美しい顔立ちをした大我くん。どこをどうやっても、血の繋がりなんてない。

私が想像するに、私のふわふわした髪はおそらく名も知らぬ父遺伝だろう。失踪した母は茶色のロングヘアをカールさせていたけれど、元の髪はクセのないストレートだったらしい。私は伸ばせば伸ばすほど髪にボリュームが出るので、いつもひとつ結びやみつあみにしているくらいだもの。

ともかく、私は房江おばさんにひどく嫌われていた。それなら近づかない方がいい。好きな男子のお母さんに嫌われているのは、女子として切ないものがあった。認められない関係なのだというのは、早くから私の心に根付いた確信だったのだ。

さらに、大我くんは女子にすこぶる人気があった。学生時代に女子と交際している様子はなかったが、おそらく良家の女性と結婚する未来があったからだろう。遊びで交際をするのは控えていたのかもしれない。私といるのは、多少女よけの意味合いもあったように思う。

大我くんには近い将来縁談がくる。そのとき私は、叶わぬ恋を隠して妹として彼を祝福したいと思っていた。

それが、まさか私の方にお見合いの話がくるなんて……。

カレーを食べ終わると大我くんは帰っていった。『明日は仕事でしょ』と私が帰宅を促したせいもある。

正直に言えば、あのまま大我くんと過ごすのは少しまずい気がしたのだ。

私の腕をつかんだ大我くんは真剣な表情をしていた。どこか苦しそうな、何か言いたげな表情だったけれど、薄く開きかけた唇から言葉は出なかった。

おそらく大我くんは私に多少なりとも執着がある。

愛や恋ではないかもしれない。それこそ長く一緒にいた妹に対する過保護な感情だ。私が自分の知らない男と結婚となれば面白くはないだろう。そのくらいはうぬぼれていいと思っている。

でも、だからといってどうなるわけでもないのだ。

大我くんと私が結ばれる未来はこない。それなら大我くんの感情の正体を私が探る必要はなく、むしろ知ってはいけないのだろう。

「だけど、少しだけ嬉しかったな」

食器を洗いながらひとり呟く。

「大我くんのあんな顔が見られて」

今のところ彼の人生に一番近い女性は私。あんなふうに独占欲に近い目で見られるのも私だけ。

そのうち他の女性が手にする資格だ。

彼に愛され独占され、彼の子を宿し生涯連れ添う女性は、きっとすぐに現れる。

そのとき私はどこにいるだろう。

同じようにこのアパートでひとり日々を過ごしているだろうか。

もしかすると、今回のお見合いはいいきっかけになるのではなかろうか。私の結婚が決まれば、大我くんは私の元へは来なくなるだろう。会わなくなれば、私だって忘れられる。長い恋に終止符を打てる。

私が結婚してしまえば、収まるところに収まる。彼も私も、悩むことなく。

洗った食器を布巾で拭いて、棚にしまう。ガス給湯器の温水で食器を洗っているときは温かかった手が、もうすっかり冷えていた。

熱いお風呂に入って眠ってしまおう。それがきっと一番いい。

「前向きに考えてみようと思います」

週明け、就業前の事務所で私は吉井工場長に言いきった。お見合いの件だ。

「本当かい、ちづるちゃん」

吉井工場長が目をみはり、奥さんがあらと手を口に当てている。

「はい。こんなご縁でもなければ、自分から婚活なんてしませんし。いい機会かなって思っています」

「いやあ、俺も前置きもなしに言っちまったもんだから、驚かせたかと反省してたんだよ。でも、本当にいい人なんだよ。俺もよく知ってるんだ」

吉井工場長は嬉しそうにつらつらとお相手の前田さんという男性について話し出す。

隣の西東京市に高齢のお母さんと同居している。前の奥さんとは性格の不一致で離婚し、子どももいなくて養育費の支払いもない。愛犬はセントバーナードの雌。同期では一番に課長になっていて、とにかく性格がよくて、お人好しな人だそうだ。

「そんな男性が、私でいいんですかね」

「まあ、ほら、お姑(しゅうとめ)さんと同居って条件がね。向こうも相手が見つかりにくい理由でさ。でも、ちづるちゃんみたいな優しくて明るい子なら、きっとお姑さんともうまくやれるよ」

ここの仕事も続けていいって言ってるしね、と吉井工場長は笑顔で執り成す。

「ちょっと早いんだけどさ、次の日曜なんかどうかな。お見合い」

「え？　ええ？　今週末ってことですよね」

今日が月曜だから、あと六日だ。土曜日に服を買いに行けば間に合うだろうか。

何よりあまりに急で気持ちが……いや、ここで迷ってはいけない。

時間があればあるほど、大我くんの顔がちらつくだろう。それなら早い方がいい。

「わかりました！」

「お～、よかった。俺たちも同席する。場所が決まったらまた言うから」

そこで工場から社員に呼ばれ、吉井工場長は事務室を出ていった。奥さんが心配そうに私の顔を覗き込んでくる。

「ちづるちゃん、本当に大丈夫？」

「あは、日曜はちょっと驚きましたけど、土曜に準備しますから大丈夫です！　服買って、美容院に行ってきます！」

「そうじゃなくてね、大我くんのことよ。斯波先生のところの坊ちゃん」

私はぴくりと肩を震わせた。金曜日、私が見合いの話をされたとき大我くんは横にいたし、奥さんも私たちの様子を見ていた。何も言わなかったけれど、私の表情の変化はわかっていただろう。

「ちづるちゃんと大我くんは、ほら長く一緒にいたでしょう？　それで急にお見合いや結婚の話が出て……。大我くんは何か言っていないの？」

「特には」

そう答えて私は顔を上げ、笑みを見せた。

「奥さん、私と大我くんはただの幼馴染みですから。恋をしたり結婚したりすれば離れていくんです。たまたまふたりともそういった機会に恵まれなくて、今までなんとなく近い距離でいましたが。あ、大我くんはお医者さんの勉強が忙しくて、恋人を作る暇がなかっただけでしょうね」

「でも、ちづるちゃん、大我くんも同じ考えかはわからないわよ」

「大我くんはきっとちゃんとした家柄のお嫁さんをもらいますよ。ひとり息子ですから」

語尾が思いのほか元気がなくなり、慌てて笑顔に戻し、私は言った。

「奥さん、本当にいいご縁をありがとうございます。私、恥ずかしくないようにしていきますからね」

まだ何か言いたげではあったけれど、奥さんは困ったような顔のままうなずいた。


翌日、私は仕事の合間に、吉井工場長のお母さんを斯波総合病院に車で送迎するお仕事を仰せつかった。

業務外の仕事ではあるのだけど、吉井工場長のご家族とは昔から家族ぐるみで付き合いがあるので、こういった家のことも手伝ったりする。それに高齢のキヨおばあちゃんは小さくて優しくて、私を孫のように可愛がってくれるので大好きなのだ。

斯波総合病院は大我くんの一族が代々継いできている病院で、和之おじさんの代で一度建て替えている。外観はちょっとした都心のオフィスビルみたいな造り。内装は清潔感があふれていて、受付も広々としてスタッフ数も多い。

「それじゃあ、ちづるちゃんはちょっと時間をつぶしていなさいね」

内科の病棟に診察券を出すなり、キヨおばあちゃんはそう言う。

「一緒にいますよ」

医師との話は家族じゃないから聞くわけにはいかないけれど、定期検査で採血などがあるという。キヨおばあちゃんは九十代。検査や診察で疲れてしまったとき、私がそばにいた方がいいだろう。

「いいんだよ。時間もかかりそうだし、ちょうどいいから喫茶室でお茶でも飲んでおいで」

そう言って私の手に千円札を握らせようとするあたり、キヨおばあちゃんの中で私は小学生の頃から変わっていないのだろう。

「血を採るのもいつもの検査だから慣れてるしね。行っておいで」

「わかりました。また様子を見に来ますからね」

キヨおばあちゃんは待合室のベンチにいるおばさんに「久しぶり」なんて明るい声をかけている。おそらく待合室で他の患者さんとお喋りするのも楽しいのだろう。千円札こそ受け取らなかったものの、病院のカフェに向かうことにした。

一階にあるカフェはとても綺麗で、病院の喫茶室には見えない。行ったことはないけれど、有名な大学のカフェテリアのイメージだ。

すると、自販機スペースに見知った人の姿を見つけた。

「ちづる」

声をかける前に私を見つけたのは大我くん。青いスクラブを着て、手にはコーヒー。休憩だろうか。

「吉井のばあちゃんのお供か？」

先週伝言を持ってきたのは彼だけれど、察しがいい。

「そうなんだ。終わるまで時間つぶしてきなさいって」

「ちづるが具合が悪くて病院に来たっていうのは考えづらいからな」

「確かに、滅多に風邪とかひきませんけど」

少し考えた。ちょうどいい機会だ。見合いは目の前に迫っていて、彼とは次に会う約束もしていない。構えずにさらっと言ってしまった方がいい。

大我くんを見つめて、私は口を開いた。

「この前のお見合い、次の日曜にお相手の男性に会ってくるね」

「え……」

大我くんの表情が消えた。一瞬呆然とした顔は、すぐにいつものクールな美形に戻ったけれど、顔つきは険しい。

「急すぎるだろ」

「吉井工場長のセッティングなの。向こうはご本人だけみたいだし、私は吉井工場長と奥さんがついてきてくれるって言うから」

「ちづるはその男と結婚したいのか？」

ほら、またそんな顔をする。じっと執念深く私を射貫くのに、自分の本心を語ろうとしない目。

「まだわからないよ。会ってみないと。でも、私も大人だし、将来について考えていないわけじゃないから」

「家族が欲しいなら、俺でいいだろ」

思いのほかはっきりと響いた言葉に、私ははじかれたように顔を上げた。彼の口から、私たちの関係について核心に触れる発言が出たのは初めてだった。

いや、言葉の意味を深く探ったら駄目だ。彼の執着の意味を都合よく考えたらいけない。

「私は大我くんの本当の妹じゃないいんだよ。お互いにパートナーができたら、離れるのが普通。幼馴染みってそうでしょ」

敢えて言葉にしたのは、気持ちを断ち切るため。これ以上彼の本音が見えてしまわないようにだ。

「大我くんも、近いうちに結婚の話が出るんじゃないかな」

「余計なお世話だ」

そう答えた彼の一瞬の動揺に、私は眉を寄せ、痛みに耐えた。

ああ、やはり彼にもそういった話はあるのだ。私が知らないだけで。

「きっと素敵な人と巡り会えるよ。この病院を一緒に背負ってくれるような立派な人と」

「おまえが俺の未来を勝手に決めるな」

大我くんは低く言い、悔しそうに顔を歪めた。それ以上は何も言わず、私に背を向けて去っていく。

私は自販機ではなく、券売機でカフェオレのボタンを押し、カウンターに出した。紙カップに入ったそれを手にカフェに隣接した中庭に出る。ここはテラスになっていて、一部飲食ができるのだ。

冷たい風がひゅうと吹き抜けていく。首をすくめ、私はカフェオレを両手で包んだ。

もう少ししたらキヨおばあちゃんの様子を見に行こうと考えながら。

中学生の頃、一時期大我くんから離れたことがある。

子どもの頃はこのあたりのガキ大将だった大我くんは、中学に上がる頃には目をみはるばかりに綺麗な男の子に成長した。もともと端整な顔立ちなのだけれど、幼さと無邪気さが消え、静謐さと愁いを含んでくると、その魅力は誰の目にも明らかになった。

周囲には女の子が群がり、どんなに彼が意地悪く突き放しても『そんなところもいい』と人気は上がるばかり。

二年遅く私が中学に進学すると、大我くんはおいそれと近づけない先輩になっていた。校内で見る大我くんは大人びていて、同級生より大きな体格もまた、放課後近所で会う彼とは違って見えた。

『ちづる』

入学してすぐに、校内で大我くんに話しかけられた。たいした用事ではなかったけれど、大我くんがいなくなったあとに、彼の同級生の女の子たちに呼び出された。

中学三年生の女子は私の何倍も綺麗で女性的で、そしてみんな恐ろしく気が強かった。『あんた、斯波くんの何？』と囲まれ追及され、私はすっかり萎縮した。

『幼馴染みです』

正直に答えたら、それを口真似されて大笑いされた。その笑い声にまた身体がすくんだ。

『斯波くんに馴れ馴れしくすんな』

吐き捨てるような言葉だった。馴れ馴れしくというのは校内で話しかけるなという意味だろうか。私からは話しかけなくても大我くんから話しかけられた場合はどうしたらいいだろう。

おろおろしているうちに女子たちは去っていき、とりあえず私は校内で大我くんに遭遇しない努力をすることにした。

毎朝、大我くんが登校するより早く学校に到着し、休み時間はなるべく上の学年の行きそうなところには近づかない。部活の入部が強制の中学校だったものの、大我くんの所属しているバスケットボール部は用具の片付けなどで終了が遅いため、帰り道に遭遇する恐れはなかった。

しかし、そんな日々を半月も過ごしているうち、大我くんは不審に思ったようだ。何しろ、登下校ではまったく姿が見えず学校では会えない。夜訪ねていってもいないのだ。

念には念をと、私はこの時期の放課後、夕飯の買い物に出かけたり、祖母を工場まで迎えに行って過ごしていた。

『ちづる、ちょっと来い』

その日、昼休みに大我くんが一年生の教室に私を迎えに来た。三年生の目立つ先輩に名前で呼び出された私をクラスメイトが驚いた顔で見ている。

慌てて駆け寄ると大我くんは私の腕をつかみ、体育館への渡り廊下までずんずん歩いていく。

『大我くん、離して。目立っちゃう!』

『なんで、目立っちゃ駄目なんだよ』

『た、大我くん、人気者だから!』

彼の腕を振りほどき、数歩下がると、振り向いた大我くんは怒ったような驚いたような顔をしていた。

『なんだそれ。ちづる、おまえ誰かに何か言われたのか?』

『そ、ういうんじゃない……よ』

彼を好きな女子たちに注意されたとは言いたくない。しかし、私の様子がわかりやすかったのか、彼自身思い当たることがあったのか、大我くんはふうと息をついた。

『俺に近づきたくない、と』

『えっと、学校では……。先輩後輩だし』

『ふうん、最近は家に会いに行ってもいないよなあ。俺は、家でも学校でもおまえには近づいちゃいけないわけだ』

意地悪く笑った大我くんはうろたえている私に一歩近づく。

『結論から言うと、おまえの希望は断る』

『え、そ、それは困るよ！』

『俺たち幼馴染みだろ？　学校でも登下校でも放課後でも、俺はおまえと話したいときに話す』

そんなふうに接していたら、私はあの怖い女の先輩たちに何をされてしまうのだろう。

私だって大我くんが好きだ。好きの年季でいったら、あの先輩たちよりずっと上だし、私はあんな意地悪はしない。

だけど、やっぱり学校という狭い空間で目をつけられ、いびられるのは気が重すぎる。

『あのなぁ、ちづる』

すっかり壁際まで後退した私の顔の横に、どすんと大我くんの腕。これはいわゆる壁ドンだ、と思いつつ、目の前の大我くんの凶悪なまでの笑顔に彼がすっかり怒っているとわかった。

『俺の隣にいていい女はおまえだけだから、こういうくだらねーことでびびって逃げんな』

『でも……』

『まあ、おまえが嫌な思いをしないようにすんのも俺の仕事だわな。とりあえず明日から朝練ない日は一緒に登校すんぞ』

強引に言いきって、すっきりしたのか大我くんはさっさと行ってしまった。

昼休みに手を引かれ連れ去られる姿を多くの生徒に見られたため、その日には例の女子たちに呼び出される覚悟をしていた。しかし、一向に呼び出しは来ず、翌日彼とともに登校しても何も言われはしなかった。

強いて言うなら、何人かの女子に鋭い目で睨(にら)まれた程度。私ひとりで歩いているときに、ぼそっと『ブス』などの悪態をつかれることもあったけれど、表立って女子の先輩たちから攻撃されはしなかった。おそらく大我くんが何かしたのだろう。彼からしたら妹分が不当に傷つけられたという感覚だったのかもしれない。うぬぼれでなく、大我くんは私を特別扱いしていた。

あとにも先にも、私と彼が隔たったのは、あの半月だけ。

もちろん大我くんが医学部に進んでからは、忙しくて会えない時期もあったけれど、彼の方から連絡をくれた。私も彼に求められるまま、こまめに日常の出来事を連絡した。

だから、私たちは大人になってもまだ距離を間違え続けているのかもしれない。

そろそろ変革が必要だ。お互いのこれからのためにも。

水曜日は忙しかった。

うちの事務所はパソコンを使うのが苦手な人が多く、半分くらいは紙媒体で書類のやりとりをしている。あまり見かけなくなったファックスもまだまだ現役だ。

先日入った主婦のパートさんが、パソコンと紙で二重に発注をかけてしまったのはそうした理由もあった。ミスは続くもので、受注番号がだぶっているのに現場の人間も気づくのが遅れ、生産ラインに組み込まれてしまった。

他社の発注にすべて充当でき、ロスが発生しなかったのが幸いだったものの、後始末にはそれなりの手間がかかった。

私は社内の端末での入力し直しと、自動で発注連絡がいった部材の取消作業に追われた。業務が終わると二十時。普段十八時には上がれる仕事を、二時間も残業してしまったことになる。

「ちづるちゃん、うちでごはん食べていく？」

奥さんに聞かれ、首を左右に振った。

「家にある食材の賞味期限が近いので、帰って自炊します」

「そう？　気をつけて帰ってね」

工場から家までは十分も歩かない距離である。今日はかなり冷え込む。大我くんに買ってもらったダウンコートのおかげで身体は暖かかったものの、指先は手袋をしていても冷たい。

「雪、降りそう」

街頭の明かりに我が家であるアパートの玄関が浮かび上がって見えた。そのドアの前に人影がある。どきんと鼓動が跳ねた。

「大我くん……」

歩み寄って、その名を呼ぶ。大我くんはいつものジャケット姿で、ネックウォーマーに顔の下半分を埋め、ドアに寄りかかるようにしていた。

「待ってたの？　いつから？　冷えたでしょう」

思わず触れた彼の手の甲は氷のように冷たい。なんの用事かを聞くより先に、彼には暖まってもらわなければならないと思った。

「入って」

鍵を開け、アパートに招き入れる。

すぐにエアコンをつけ、上着を預かって、代わりに毛布を持ってきた。ローテーブルの横に座らせ、毛布を肩からかぶせた。膝にはブランケットをのせる。

「今、温かい飲み物を淹れるから、そうしてて」

自身のダウンもハンガーにかけ、流しで電気ポットに水を入れた。セットして、マグカップを用意する。

すると、背後に気配を感じた。振り向くと大我くんが私の後ろに立っている。

「毛布かぶって待ってて。お願い。風邪ひかせたくないの」

彼の表情は硬い。なんの用事があって今日訪ねてきたのか、私はまだ聞いていない。

彼が突然訪ねてくるのはいつものこと。だから、私が緊張する必要はないのだ。我が家の空気が感じたこともないくらいぴんと張りつめていたとしても。

「ちづる」

大我くんの手には封筒があった。受け取り、中の用紙を出してみるとそれはＤＮＡ鑑定書だった。

父子鑑定書とあり、父親の欄には和之おじさんの名、子の欄には私の名。

父子関係にないと記載があった。

「これ……」

「以前調べた」

それをどうして今、持ち出してきたのだろう。私は眉をひそめ、彼から目をそらした。

「私たちが兄妹じゃないのなんて……顔見たらわかるじゃない」

「念のためだ」

大我くんの大きな手が私の肩に触れ、次の瞬間、力強く抱き寄せた。

「大我くん、待って」

「ちづると俺は兄妹じゃない」

低い声が身体に直接響く。顔は見えないけれど、その声音の必死さが伝わってきた。

大我くんは私に言いたいことがあって来た。それがわかる。

ああ、今日なのだ。

ギリギリで踏みとどまっていた私たちの関係は、ともすればそのまま自然に消えるものだった。私はそれでいいと思っていたし、そのためにお見合いを受ける覚悟も決めた。

だけど彼は納得していない。私たちの関係を無に帰すのを拒絶し、維持とてもう満足できない。恋か愛か情か、彼は言葉にしないし、判別もつかないのかもしれない。ただ曖昧になった一線を壊すと決めた。それが今なのだろう。

「俺はおまえを抱くぞ」

覚悟の宣言を喜びと切なさを持って受け入れる。

私は大我くんが好き。

あまりに違いすぎる私たちが結ばれる未来なんてあり得ないと思っていた。言葉にせずに、淡い思い出にしてしまうつもりだった。

だけど、大我くんが望んでくれるなら、私も望みたい。

未来を誓ったりしない。恋を叫んだりしない。ただ今、この瞬間を重ねさせてほしい。

「うん」

彼の背に手を這わせた。抱擁を返すと、大我くんの腕の力がいっそう強くなる。

大我くんの顔が私の首筋から離れた。じっと見つめると、綺麗な琥珀色の瞳が私を映していた。

頬を包む大きな手が優しい。

「そんなでかい目で見るな」

そう言って彼は口づけてきた。初めてのキスは、甘く優しい。すぐにとろけるような熱いキスに変わっていく。

すべてが初めてで、焦りと不安が心の奥にあるけれど、その何倍もの喜びが身体を突き動かす。大我くんの首に腕を回し、激しいキスに応える。まるで私が欲しがっているみたい。

気持ちよくて、幸福で涙がにじんできた。

「馬鹿、泣くのが早い」

唇をわずかに離して大我くんがささやいた。目じりに浮かんだ私の涙をキスでなめ取ってくれる。

「だって……」

「泣きやまないとやめるぞ」

そう言って大我くんは私の身体をきつく抱きしめた。

「やめないで」

激しい抱擁にあえぐように答えた。

寝室にしている和室に移動し、布団を敷き直す時間すら惜しく身体を沈めた。互いの服を脱がせ合い、無我夢中で触れ合った。そうして時間をかけて私たちは重なった。

静かな晩で、私たちのたてる音だけが世界のすべて。

夜半、静けさが降り出した雪のせいであると窓の隙間から見えたけれど、互いを貪るのに必死だった私たちには関係なかった。


明け方、まどろみの中で夢を見た。祖母の言葉が聞こえた。

『ちづる、幸せに』

大丈夫、おばあちゃん。私、幸せだよ。

それから私は深く重たい眠りに転がり落ち、次に目覚めたのはいつも同じ時間にかけているスマホのアラームの音だった。スマホは居間で鳴っているようだった。

重たい瞼を開け、布団から起き上がり、身体の芯が痛んで呻いた。大我くんの姿は布団にない。

昨晩脱ぎ散らかしたカットソーを被り、スカートをはき、居間に行ってみる。やはり大我くんは家にいないようだった。

テーブルにメモが残されてあった。

【仕事なので行く。

鍵は閉めたらドアポストに入れておく。

土曜にまた来る】

そのメモを見て、胸がじんとした。

大我くんと一線を越えてしまった。もう後戻りはできない。

かけてあるダウンを羽織り、玄関の戸をそっと開けてみる。ドアポストの中でがちゃりという鍵の音が聞こえた。

外は雪こそやんでいたけれど薄暗い朝を迎えていた。

雪化粧したアスファルトに、我が家から通りへ向かう足跡がひとつある。大我くんのものだろう。

彼はこの狭いアパートから自分のいるべき場所に戻っていったのだ。

身体を離してしまえば、私と彼の人生が重なるべきではないといっそう感じられる。

だけど私は昨夜を後悔していない。大我くんと精一杯抱き合えて幸せだった。

「大好き……大我くん」

たとえ、すべてが釣り合わない私たちでも、ともに歩む幸せを願っていいだろうか。

三　均衡は破れた

　お見合いは断るべきだ。

　雪化粧した道をそろそろと歩きながら職場へ向かう。道すがら、そう強く決意していた。

　大我くんと抱き合い、深い愛を一身に受けた。その感覚がある。

　愛をささやき合ったわけではない。ただ暗黙の了解のように求め合ったけれど、私には彼の強い感情が全部流れ込んできたし、彼にも私の長い長い片想いが伝わっただろう。いや、身体を重ねる前からわかっていたのだ。お互いがお互いを、どれほど愛しているか。セックスは確認作業だっただけ。

　幸せな確認作業だった。

　大我くんの指が私の肌をたどり、私の爪が彼の背に傷を作る。私の胸元に赤い痕を散らした大我くんは、飽くことなく全身をめでてくれた。

　何年も細い糸のような緊張感で互いの均衡を守ってきた私たちは、一度溶け合う方法を知ったら止まれなかった。何度も何度も明け方まで互いを貪り尽くした。

「断らないと」

ひとり呟く。大我くんと付き合うという約束をしたわけではない。案外、彼にはもう婚約の話が出ていて、私との夜は最後の思い出だったなんて可能性だってゼロじゃない。それはいかに愛し合っていても、あり得る話で、彼の立場を考えれば仕方のないことだとも思う。

だけど、私は別。こんな気持ちでお見合いに挑んだら、相手に失礼すぎる。

職場の事務所には早めに到着した。まだ他の事務員もいないうちに吉井工場長の前で頭を下げた。

「え、お見合いをやめる？」

仔細は話さなかったけれど、お見合いをやめたいと伝えた。吉井工場長は案の定驚いた顔をした。

「急にすみません！　でも、やっぱり私はまだ結婚は考えられません！」

「いや、急なのはこっちも同じだったから謝る必要はないよ。でもなあ、相手さんとその上司にも話を通しちゃったからなあ」

吉井工場長は困り顔で頭をかいて、それから「あ」と目を見開いた。

「そうだ。相手の前田さんには俺から断りを入れるよ。でも、会社同士の付き合いもあるから、ふたりで食事だけ行ってきてくれないか？　それで、うまくいかなかったって体（てい）にしよう」

「そんな……相手の方に失礼じゃないですか？」

「前田さんは本当にいいやつだから、俺が話せば理解してくれるよ。でも、その上司の部長がお節介でうるさいおっさんでさ。こっちから持ちかけてお見合い前に破談になると騒ぐと思うんだ。取引先として付き合いもあるし、俺の顔を立てると思って食事だけ。頼むよ、ちづるちゃん」

　軽率に見合いをすると言ったのは私だ。相手方に失礼でなければ、吉井工場長の頼みを聞いた方がいいだろう。それにこんなことになってしまって、相手の前田さんという方に直接謝るのが筋かもしれない。

「わかりました。お食事だけなら。私もお相手の方に謝罪します」

「助かるよ、ちづるちゃん。前田さんはとにかく善人だから、ちづるちゃんは何も心配いらない。吉祥寺パレスホテルの中華だし、メシの味は保証する。せめて楽しんできてくれよ」

　初対面の男性とふたりきりで楽しめるものなのかしら。

　そうは思いつつ、責任を果たすために私は食事を了承したのだった。

土曜日、私は朝から部屋を掃除していた。

大我くんとはあれ以来会っていない。今日顔を出すとメモにはあったし、待っていた方がいいだろうか。しかし、何時に来るとも聞いていない。

私は私で、明日は曲がりなりにも男性との会食なので、多少は小綺麗な服を用意しなければと思っているところだ。大我くんが何時に来るかわからなければ、買い物にも行けない。

一応、昨晩のうちにメッセージは送ってあるが、既読もつかない状況だ。何度もスマホでアプリを開いては閉じる。

「不安なわけじゃないけど」

大我くんは後悔しているだろうか。一時の激情で、私たちの関係を変えてしまったことを。

結ばれる予定じゃない女を抱いてしまったことを。

正気に戻って連絡ができないでいたらどうしよう。

掃除機を片付けると、ローテーブルの上でスマホが振動した。急いで取り上げると、待ちわびた大我くんからのメッセージだった。

【悪い。今日行けなくなった】

それだけのメッセージだ。私は唇をきゅっと噛み締める。

【了解】と送ったメッセージに既読はつかないから、きっとスマホを見る時間すらない忙しさなのだろう。

斯波総合病院は救急診療もやっているし、研修でそちらに関わっていれば昼夜関係ない。

「気持ち、切り替えなきゃ」

私は立ち上がり、暖かい格好をして外に出た。数日前の雪は道路の端に少し残る程度。

吉祥寺までバスで出て、白いニットワンピースとタイツを購入した。メンチカツが有名で行列ができるお店で、並ばなくても買える総菜を買って、ついでにたい焼きも買って帰宅した。

大我くんと次に会えるのはいつだろう。

そのときに言われるだろうか。あの晩はなかったことにしてくれ、と。

斯波総合病院の跡取りが、私なんかを相手にしてはいけないのはわかっている。承知の上で抱き合った。だから彼が私への愛を持ちながら、病院のために他の女性を選んでも仕方ない。

　でも、絶対に言おう。

なかったことにはしない。私にとっては生涯で一番大切な思い出だから、と。

　大我くんに明日については伝えていない。これ見よがしに『見合いをやめる。断りに行く』なんて言えなかった。

　日曜日はよく晴れた。気温も高く、この様子なら残っている雪も解けてしまうだろう。

　約束の十二時に私は吉祥寺パレスホテルにやってきた。案内された席に、すでに相手は来ていた。

「はじめまして、雛木（ひなき）ちづるといいます」

　頭を下げると、相手も立ち上がってお辞儀をした。

「前田厚（あつし）です。今日はありがとうございます」

　前田さんは写真通りの印象の人だ。おとなしそうで、穏やかそう。身長は百六十センチ台の後半といったところで、年齢相応の皺（しわ）が顔にはある。

「雛木さん、本当にお若くて驚いてしまいました。あの、吉井さんからお断りの件は伺っています。今日はこちらの都合ですみません」

「いえ、一度はお受けしておいて、急に断った私が悪いんです。本当に申し訳ありません」

「頭を上げてください。さあ、食事にしましょう。ここは美味しいですよ。せっかくお付き合いいただいているんですから、美味しいものを食べて帰ってくださいね」

吉井工場長の言った通りだった。前田さんは私を気遣い、気詰まりな思いをさせないようにと心を砕いてくれている。食事の合間には愛犬のチイちゃんの写真をたくさん見せてくれた。

申し訳なさでいっぱいだった私も、むしろ明るく振る舞った方が失礼ではないと感じるようになっていた。

「チイちゃん、本当に可愛いですね。この写真、笑ってるみたい。愛されてるって顔してます」

「ありがとうございます。セントバーナードっていうだけで怖がられちゃったりするんですが、すごくおとなしくていい子なんですよ」

愛娘について語るような前田さんは、このお見合いについてどう思ってきたのだろうか。上司の世話とはいえ、お見合いを受けたというのはやはり再婚を真面目に考えているのだろうか。

大我くんとのことがなければ、私はこの優しい人と真面目に交際してみようと考えただろうか。

「あの、……あらためて今日は申し訳ありませんでした。私が軽率にお見合いのお話を受け、急に断るなんて言い出したから……」

するると前田さんは驚いたように眉を上げ、次にいえいえ、と顔の前で手を振った。

「あなたみたいな若くて愛らしい女性が、しり込みするのは当然です。僕はバツイチですし、高齢の母と同居ですから。あなたよりひと回り以上も上で、イケメンでもないですし」

「前田さんはとても素敵な方だと思います。今、お話ししていてもそう感じます」

「では、忘れられない人がいますか？」

突然言われ、馬鹿正直な私は頬が熱くなるのを感じた。

「当たりかな？　……でも、僕も人のことは言えないんですよ」

そう言って前田さんは写真を見せてくれていたスマホを再び手に取り、カメラロールをスクロールした。彼が見せてくれた画面には、女性とチイちゃんが並んでアップで映っている。

「元妻です。今も月に一回、チイの散歩を一緒にしています。彼女は僕の母と折り合いが悪くて、僕も彼女の苦しみに気づかず、愛想を尽かされてしまいました。今は、チイに会いたくて彼女は僕とも会ってくれるんです」

この写真はおそらく前田さんが撮ったものだろう。元奥さんもチイちゃんも満面の笑みだ。とても、嫌いになった人に向ける笑顔には見えなかった。

「恥ずかしながら、僕は彼女に未練があるんです。母との関係もあります。彼女を縛るようなことはできません。でも、いつかまた……。こんな気持ちの男が見合いなんていけませんよね」

前田さんは苦笑いをし、それから言った。

「上司には、もう見合いはいいとはっきり言います」

「あの、私も好きな人がいます！」

思わずそう言っていた。彼の誠実さに、私も言わなければならないような気がしたのだ。

「気持ちは通じ合っていると思います。でも、いろんな事情で叶わないかもしれない恋です。だから、断ち切るためにお見合いを考えました。でも、それはいけないと……」

「僕たち似た者同士でしたねえ」

そう言って前田さんは微笑んだ。彼は聞いていた以上にいい人だった。そして彼の言う通り、私たちは似た者同士だったのかもしれない。

食事をしながら、前田さんの元奥さんとチイちゃんのエピソードをたくさん聞いた。私は大好きな幼馴染みの話を、ぼそぼそと照れながらしたのだった。


食事を終え、前田さんがアパートの近くまで送ると言ってくれたのを固辞した。お互い頑張ろうと握手をした私たちは、今日初めて会ったとは思えない共感があった。もう会うことはないかもしれないけれど、それぞれ自分の気持ちに正直に生きていきたいと思える。

ホテルのロビーを出たところで、通りを挟んだ駅近くのガードレールに大我くんの姿を見つけた。

どうして、こんなところに。

彼の目はずっと私を捉えている。信号が変わり、彼に歩み寄ろうと横断歩道に向かう。彼もまた私に向かって横断歩道を渡ってくると、言葉もなく私の手首を捕まえた。そのままぐいぐい引っ張って歩き出す。

「大我くん！」

大我くんは無言だ。表情は見えない。

吉祥寺駅方面ではなく、百貨店の横に入り、井の頭公園の方へ向かう大我くん。

わけもわからず、私は路地に入ったところで彼の腕を強く引いて立ち止まらせた。

「大我くん、どうしたの？」

「工場長から見合い相手と食事に行ったたって聞いてきた」

「迎えに来てくれたの？」

見上げても大我くんは無表情のままだ。いや、どこか沈鬱にすら見える。

「結局どうするつもりだよ。……見合い相手と会って」

「工場長から聞いてないの？　断るために会ったんだよ。正確には工場長から一度だけ食事をって頼まれて会ってきたの」

大我くんが私を見た。少し驚いた顔になっている。

「そうだったのかよ。工場長……俺にそんな話してないぞ」

なんとなく想像がつくけれど、吉井工場長は自分の体面もあってわざわざ大我くんに言わなかったのだろうと思う。もしくは、大我くんがすごい勢いで聞いてきたからきちんと説明できなかったとか。

「一度はお見合いを受けるって言っておいて、やっぱりやめるって言い出したのは私なの。だから、今日直接会って謝れてよかったよ」

「向こうはそれで納得したのかよ。おまえみたいな可愛い……その、若い女と見合いなんて……逃したくないチャンスだろ」

言い淀(よど)みながら尋ねる大我くんに、私は首を振った。

「相手の方も、本当はお見合いする気持ちじゃなかったみたい。だから美味しい中華を食べて、お互いの好きな人の話をして終わったよ」

好きな人、と大我くんが小さく口の中で繰り返した。

「どうして迎えに来てくれたの？」

彼の手に私から触れた。手袋をしていない手は冷えきっていて、暖めたくて両手で包む。

「ずっと叶わないって思ってきたんだよ。諦めるつもりでいた」

子どもの頃から抱えていた気持ちは、進んで育てるわけにはいかなかった。だけど蔑ろにもできなかった。

あの夜で、私たちの均衡はもう破れている。

「私、期待していいの？」

「そんなもん、口にしなくてもわかるだろ」

大我くんが目をそらし、低い声で言った。動揺が伝わってくる。

「いつまでも理由もなくおまえのところに通いつめて……。俺の気持ちなんか、とっくに知ってるだろ」

「わかんないよ！」

思わず叫ぶように言い返していた。

「言ってくれなきゃわかんない。言葉にしてくれなきゃわかんない。言葉にしてよ、私たちがお互いに感じてる気持ち……！」

揺れた大我くんの瞳が、あの日と同じ真剣なまなざしに変わる。私の手を外し肩を抱き寄せ、耳元でささやいた。

「好きだ、ちづる」

私は彼の身体に腕を回し、ぎゅっとしがみついた。シャイで、ちょっと俺様で、いつだって素直になれない大我くんの精一杯の告白は、ちゃんと私に届いた。

「私も、大我くんが好き」

返す告白の声は感極まって震えてしまった。

「知ってる。知ってなきゃ、あんなことしない」

「だよね。でもね、言葉で伝えるって大事なんだよ」

ぎゅうぎゅう彼を抱きしめているうち、おかしくなって笑いがこみ上げてきた。

「痛いんだよ。ほら、手にしろ、手に」

路地とはいえお店もあり、人通りは結構あるので、大我くんはハグが恥ずかしいらしかった。私の腕を外し、手を握ってくれる。

大我くんと手を繋いだのは子どもの頃以来だ。告白の余韻も相まって、私は真っ赤な顔になっていたと思う。彼に手を引かれるままに、私たちは井の頭公園をあてどなく歩いた。

先日降った雪が日陰に残っている以外は、きりりと晴れ渡った美しい冬の昼下がりだ。冬鳥が池を悠々と横切る。

「大我くん、きっと大我くんのご両親は私を認めてくれないと思う」

「たった今、彼氏彼女になったばっかりで、しょげるなよ」

そう言った大我くんは『彼氏彼女』というワードが照れくさかったようで、私から目をそらしている。それからきっぱりと言いきった。

「おまえと結婚するのは、俺の親じゃない。俺だ」

「結婚って！　もうそこまで考えてくれてるの？」

「おまえは違うのかよ。まあ、違ってももう諦めろ。俺の嫁は昔からちづるだって決まってる」

「昔って。そんなふうに思ってくれてたなら、早く言ってよ～」

「おまえだって言わなかったんだから同罪だな」

繋いだ手をいっそう強く握られる。

彼はずっと本気でいてくれた。私が思うより強く深い愛を持っていた。

「覚悟を決めろ。俺は絶対におまえと結婚する。今までおまえが苦労した分も、寂しい思いをした分も、俺が全部埋める」

彼は知らないのだ。私の寂しさを子どもの頃から埋めてくれていたのは大我くんなのに。もっとうぬぼれてくれていいのに。

「私、ちっぽけで、美人でもないしお金もないけど、大我くんに似合うような女になるからね！」

「おまえはそのままでいい。おまえが隣にいたら、充分」

私たちは手を繋ぎ、歩き続けた。すっかり身体が冷えてしまっても、心が温かくて嬉しくて、もう何も怖くない気持ちだった。

四　誓い合ったはずの未来

早朝、大我くんはひとりで起き出し出勤の仕度を始める。私は布団の中でその気配を感じながらまどろむのが好きだ。起床を合わせても、朝食をとらない彼にしてあげられることもないし、何より大我くんが「もっと寝ていろ」と言うので甘えている。好きな人のたてる物音は、じんわりと朝の身体に響く。祖母がいた頃を思い出す。幸せな家庭の音だ。

「行ってくる」

大我くんが和室に顔を出し、声をかけてきた。

「いってらっしゃい」

私は布団から手を振った。きりりとしている仕事モードの大我くんは格好いい。いつも格好いいけれど、ひときわ素敵だと思う。

家の鍵が閉まる音がして、私は布団の中で寝返りを打った。今日はこの時間の出勤だから、夜にはアパートに戻ってくるはず。

うとうととまどろんでいるうちに一時間ほど経ったようだ。アラームが鳴り、私も身体を起こした。

窓を開けると、爽やかな春の朝の空気が流れ込んできた。アパート前の桜はすっかり散ってしまったけれど、芽吹いてきた緑の若葉には生命力を感じる。

大我くんと付き合って一年と少し。季節は四月になり、大我くんは初期臨床研修を終え、実家の斯波総合病院の外科医となった。和之おじさんのそばで技術を磨けるため、敢えて後期臨床研修には進まなかった。跡取りに早く独り立ちしてほしいという和之おじさんの希望もあったようだ。

大我くんは週の半分くらいを我が家で過ごしている。この部屋から出勤し、時間が合えば私と夕食をとり、休日はともに過ごす。私が仕事中に夜勤明けの彼が帰宅し眠っているなんてこともある。半同棲(はんどうせい)という形だ。

大我くんの両親は、彼に恋人ができたことを察しているだろう。そして、その相手が私であることもおそらく勘づいている。

房江おばさんにはもう何年も会っていない。和之おじさんもキヨおばあちゃんの通院のときにたまに挨拶をする程度で、ここ半年以上は会っていない。

逃げるわけではないけれど、会わないで済むなら当分はこのままがいい。きっとご両親は大我くんに相応しいお嫁さんをと思っているだろうし、私はそれに該当しない。揉めるのがわかりきっているのなら、せめて大我くんの仕事がもっと安定してから話をしたい。

外科医になったものの、大我くん本人もまだ修業中みたいなものだと言っていた。私たちがもう少し年や経験を重ねてからでも、家族との話し合いは遅くないはず。

「よし、私も仕度しよう」

空気の入れ替えを終えて窓を閉めると、朝食の準備に取りかかる。今日は目玉焼きをごはんの上にのせてどんぶりにする予定だ。昨夜、大我くんと食べた豚汁も残っているし、豪勢な朝食になりそう。

「おはようございます」

事務所で声を張り上げる。といっても社員の出勤で一番早いのは私で、この時間の事務所には吉井工場長と奥さんしかいない。

「ちづるちゃん、おはよう」

吉井工場長が顔を上げ、段ボールから小分けにしたビニール袋をかかげた。

「うちの妹から山菜が届いたんだけど、いるかい？」

「わあ、いただきたいです。ふきのとうですか？」

以前も工場長の妹さんから山菜をいただいた。ふきのとうは食べ方がわからず、奥さんにてんぷらにしてもらったっけ。ほろ苦くて香ばしくてとても美味しかったのを覚えている。

「コゴミっていうんだけどさ、ゆでてマヨネーズと醤油(しょうゆ)、鰹節(かつおぶし)なんかかけるとうまいよ」

袋の中には緑色のぐるぐる渦巻を作った山菜が入っている。ワラビよりギザギザしていて、パッと見、美味しそうではない。しかし、工場長が言うならおそらく美味しいのだ。ふきのとうも見た目よりずっと美味しかったもの。

しかし、大我くんは食べてくれるだろうか。結構慎重なところがあって、知らない食べ物などは嫌がるのだ。

いや、せっかく旬の山菜をもらったのだから、食卓に出そう。明日は実家に戻るだろうし、今夜の夕食に出して食べてもらおう。

「ありがとうございます。いただきます。妹さん、新潟でしたっけ」

「そうそう。新潟県の真ん中あたりの町にひとりで住んでるよ。旦那が亡くなって何年も経つし、東京に戻ったらどうかって言ってるんだけどねえ」

吉井工場長の言葉に奥さんが口を挟む。

「靖世さんはお仕事もあるし、お友達も多いのよ。もうあちらの方が地元でしょう」

女性は地域とのコミュニケーションも得意だし、奥さんの言う通りだろうなあと思いつつ、工場長が妹さんをお兄さんとして心配しているのもなんとなく感じられた。

「おかげで私は美味しそうな山菜をいただけます。妹さんによろしくお伝えください」

お礼を言って席に戻ると、他の事務員の女性も出勤してきた。工場長はみんなに山菜を勧めていた。

私は山菜の写真を撮り、大我くんのスマホに送っておく。

【今夜はこれを食べます】

返信があったのは昼時で、【?】という文字ひとつだった。

午後は吉井工場長の外出があり、運転手役で取引先に出かけた。普段は工場長がひとりで運転していくのだけれど、奥さんに頼まれた買い物と練馬区役所に行く用事があり、工場長が打ち合わせをしている間に私が車で回るつもりなのだ。

取引先の駐車場で迎えてくれたのはあの前田さんだった。彼と食事をしたのは今から一年以上前になる。

「前田さん、お久しぶりです」

私は運転席から降りて頭を下げた。私が来るとは知らなかっただろう。前田さんはパッと明るい笑顔になって頭を下げた。

「雛木さん、お元気そうですね」

連絡先を交換していたので、あのあと【好きな人とうまくいきました】という連絡はした。たまに近況報告はし合っているけれど、会うのはあれ以来だ。

「この前送ってくださったチイちゃんの写真、すごく可愛かったです。口開けてるの」

「はは、SNSをやっていないので、雛木さんしか愛犬自慢する相手がいないんです」

「お？　なんだなんだ。前田さんとちづるちゃん、実はうまくやってるのかい？」

吉井工場長がにやにやとこちらを窺ってくるので、前田さんが先んじて誤解を解いてくれた。

「僕も雛木さんも、お互い他に好きな人がいるんです。今はいいお友達として連絡取り合っているんですよ」

「そうなんです。前田さんの愛犬・チイちゃんの写真をもらってます」

「はあ、そうなのかあ」

吉井工場長は不思議そうな顔をしていたけれど、事実は伝わったと思う。前田さんと顔を見合わせ、ふふと笑い合った。


それから私は、工場長の打ち合わせの間に用事を済ませるため車を出した。

「あれから、もう一年以上経ったんだなあ」

大我くんとは子どもの頃から一緒だったせいか、交際関係になって一年という実感は薄い。

もちろんこの一年と少しで、大我くんのあふれる愛情はたっぷり教え込まれたと思う。もともと私にはきついし意地悪だし、自分からわかりやすく愛情表現をするタイプじゃない。そんな彼にとって、彼氏彼女という関係は安心材料のようで、以前より遠慮なく独占欲を示してくるし、甘えたくなればそっと寄り添ってくる。

『ちづる、好きだ』

普段はなかなか聞かせてくれない愛の言葉は、抱き合っているときは数限りなくささやいてくれる。

好きだと言われれば言われるほど、私がとろとろにとろけてしまうと、彼はわかっているのだろうか。こんなに甘やかされて、もう離れる未来なんて想像できない。

このままずっと大我くんといたい。

誰に反対されても、私はこの恋を消せない。

祖母の言っていた幸せは、きっと大我くんといる未来だったのだ。私は幸せを手に入れたのだと信じている。

その夜、帰ってきた大我くんは、早速食卓に並んだ山菜に顔をしかめた。

「なあ、これ山菜か？」

「うん、吉井工場長の妹さんが新潟に住んでて、そっちで採れたものだって。マヨネーズと醤油と鰹節をかけると美味しいみたいだよ。試してみよう」

山菜はあくまで副菜だ。メインにサバを焼いて、つみれ汁も作ってある。

「旬のものです。食べようね。はい、いただきまーす」

「イタダキマス……」

大我くんは嫌な顔をしたまま、食卓につく。私が先に山菜に箸を伸ばした。コゴミは噛むとシャキシャキしていて、少しだけぬめりも感じられた。味はさっぱりとしていて美味しい。
「美味しい。本当にマヨネーズに合うよ」
「わかったよ」
大我くんも箸をつけ、無言で咀嚼する。飲み込んでからもう一度お皿に取ってい
たから、味は気に入ったようだ。意地っ張りで頑固だけど、一度受け入れると素直に
なるんだよねえ、と私は心の中で呟いた。本人に言うと怒るので言わない。
「旬のものを食べると寿命が延びるっていうし、食べてくれてよかった」
「ばあちゃんみたいなこと言うよな」
「ばあちゃん子なもんで」
小さなアパートで向かい合って食事をとっていると、昔から私たちはこうやって生
きてきたように思える。実際、大我くんは子どもの頃からこの家に出入りしていて、
祖母と私と食卓を囲んだこともある。
だけど、今感じる安定は、家族に対して感じる安心感だった。私は大我くんと家族
になりたい。それがいつか叶うといい。
「なあ、ちづる。日曜、出かけるぞ」
不意に大我くんが言った。私はうなずいて、窺うように見やる。

「いいよ。どこに行くの？」

「おまえはついてくればいい」

偉そうなことを言うので、不満の表明に少々じとっとした視線で大我くんを見つめた。

「どこに行くかによって服装を変えたり、準備があったりするでしょう？　きちんと言ってくれなきゃ困る」

「言わないって意味を察しろ」

ため息をついて、大我くんが眉間に皺を寄せた。

「察しろって」

「サプライズとか、そういうことを期待しないのかよ。面白みのない女だな」

「ええ？　サプライズしてくれるつもりなの!?　なになに？　どんなことしてくれるの？」

嬉しくて声を上げた私を見て、いよいよ大我くんがうんざりといった顔になる。

「もうしない。サプライズの内容を聞いてくる情緒のない女にはもう何もしない」

「意地悪言わないでよ～」

すがりつく私をぞんざいに押しのける大我くん。しつこく大我くんに絡むと、ぎゅっと抱きしめられた。

いつの間にか大我くんは笑っていた。私も笑っていた。

結局、サプライズの内容は明かされないままだった。


都心部の大きな公園のイベント広場にはたくさんの屋台が並んでいる。ソースの香りや溶けた砂糖の香りがふわっと漂ってくる。たくさんの人が集まっていて、お祭りみたいだ。

「すごい……！」

日曜日、大我くんが連れてきてくれたのはフードフェスだった。食べ物系の催しがあちこちで開催されるのは知っていたけれど、実際に来るのは初めてだ。

「好きだと思った。こういうイベント」

「初めてだけど、すごく嬉しい！」

朝食を控えめにしろと言われていたから、何か食べに行くのだろうとは思っていたけれど、屋台の数々を見たらお腹を空かせておいたのは大正解だ。焼きそば、お好み焼きなどに並んで、韓国料理や台湾料理の店もある。さらにはドイツのソーセージや、アメリカ風のバーベキューのお店も。

「あ〜、全部食べたい〜」

「持ち帰れるものは持ち帰って夕飯にすればいいだろ。ここで食べるしかないものを優先しろ」

「大我くん賢い」

「食べすぎて腹痛を起こしたちづるを背負って帰りたくないからな」

冷たいことを言っているけど、本当に私のお腹が痛くなったら拒否しても背負って帰るくせに。

「わかりました！　慎重に吟味して、食べたいものを決めます！」

そう言って、大我くんの腕を取った。普段、近所では人目もあるので手なんか繋がない。こういった場所なら私たちはただのカップルで、手を繋ごうが腕を組もうが誰も気にしないだろう。

一緒に屋台を見て回り、食べたいものを厳選した。来場者数が多く、開場して間もなくでも飲食スペースのテーブルは混み合っている。端にふたりで並んで食べられるところを見つけたので、そこを拠点に買い出しに行った。

広島焼きにたこ焼き、トッポギ、葱餅(ねぎもち)、骨付きの肉、タピオカミルクティー。ずらりと並べるとさすがに大我くんが笑った。

「おまえ、本当に食べられるのかよ」

「大丈夫、ふたり分だし！　ソーセージとパンのお店があるから、お土産はそこで買うつもり」

「絶対、夜になっても腹減らないだろ」

「減るよ！」


買いそろえた料理は、私もたくさん食べたけど、大我くんがしっかり食べてくれた。彼は見た目こそ細身だけど、脱げばかなり筋肉質だし、若者らしく食欲も旺盛だ。私だってちゃんと彼が食べる量を考えて買ったのだから、褒めてほしいくらいだ。


とはいえ、私も張り切って食べたので、お土産を買って会場をあとにする頃には、お腹がはち切れそうになっていた。

「ジーンズがきつい」


あれほど食べすぎないと豪語していたのに、やってしまった。大我くんが鬼の首を取ったかのようにせせら笑う。

「ウエストがゴムのスカートにすればよかったな」

「本当にそれだよ。しくじったぁ」

腹ごなしを兼ねて公園を散歩することにした。会場のイベント広場は公園の一部。公園の遊歩道は散歩やジョギングをする人たちが大勢いた。

少し歩いたものの、どうしてもお腹が苦しくなり、近くのベンチで休憩をする。どすんと座って、ふうと息をつく。満足だけど、結構苦しい。

「欲張るからだぞ。土産のパンとソーセージは明日の朝食にしろ」

「う〜ん、その方がいいかなあ」

「俺は食べるけどな」

ベンチに背を預け、晴れ渡った空を見上げる。まだ四月中旬なのに今日は暑いくらいの日差しだ。

「もうちょっとで大我くんの誕生日だね」

四月末の誕生日で大我くんは二十八歳になる。私は九月で二十六。子どもの頃から一緒にいた私たちもすっかりアラサーだ。

「あのね、その日、ちょっといいところで食事しない？　私にごちそうさせてほしいな」

「まだ、仕事がどうなるかわからない。店を予約とか、張り切ったことはするな」

だいたいの勤務は出ているけれど、救急の方から呼ばれれば出勤もあり得る。外科医が呼ばれるときは緊急で手術が必要なケースで、和之おじさんや先輩外科医が執刀するとしても、経験のため彼も加わるだろう。

「急に駄目になってキャンセルっていうのは避けたい」

「そっか。そうだよね」

「もっと修業を積んで一人前になったら、きちんと申請して休みを取る。それまでは記念日や旅行で休むのはできない。もう少し待ってろ」

今日は予約が必要なお出かけじゃなかったものなあと考えながら、今は彼の仕事を優先すべきだと思った。機会はこれから先もいくらでもあるし、待ってろという彼の言葉は素直に嬉しい。

「ちづる」

不意に大我くんが私の目の前に小箱を差し出した。

「大我くん?」

その布張りの小箱を、大我くんのもう片方の手が開けた。中に入っていたのは指輪だ。華奢(きゃしゃ)で凝ったデザインリングで、中央には青い石がはまっている。

「サファイア。おまえの誕生石」

「これ……」

「言わなきゃわかんない……だったな。婚約指輪だよ」

ぶっきらぼうに言って、大我くんが立ち上がった。私の前に立ち、あらためて指輪を差し出す。

「ちづる、結婚してくれ」

視界が歪んだ。それが涙のせいだとすぐにわかった。

手も身体もぶるぶる震えてしまう。嬉しくて、言葉も出てこない。

泣き崩れる私の答えなんか彼はわかっていて、「いつも泣くのが早いんだよ」と呟くと私の腕を取って立ち上がらせた。

「返事」

「します……結婚します。私を大我くんのお嫁さんにしてください」

「よし」

納得したような、安堵したような息をついて、大我くんは私の左手を取った。薬指にはめてくれたリングはサイズがぴったりだった。

「きれい、かわいい、すてき……」

指輪に触れ、いっそう涙が止まらなくなる私を、大我くんが抱き寄せる。

「他に何か言うことないのかよ」

「大我くん大好き」

「俺もだよ」

髪にかかる彼の吐息。力強い腕に抱かれ、嬉し涙が止まらない。大我くんがプロポーズをしてくれた。サプライズはこのことだったのだ。

「研修が終わったらプロポーズしようと思ってた。今住んでるちづるのアパートを引き払って、新居を借りよう」

「うん」

「うちの親には少し前から話してる」

和之おじさんたちに？

私が心配そうに見上げると、彼は自信満々に言った。

「まだぐちゃぐちゃ言ってるけど、おまえは心配しなくていい。俺は絶対におまえと結婚するし、それ以外は全部捨てたっていいと思ってる」

「そんなの駄目だよ」

慌てて言うと、大我くんは優しく瞳を細めて頭を撫でてくれた。

「いや、俺の人生は俺が決めるし、必要なのはおまえだけだって思ってる。俺の嫁はおまえ以外あり得ない」

こくりとうなずくと、上出来とばかりにさらに頭をぐりぐり撫でられた。お嫁さんというより愛犬の扱いなのだけど、と思ったけど嬉しいので言わない。

「すごいサプライズだったぁ」

「夜景の見えるホテルとかがよかったか？」

「ううん、お腹いっぱいで座った公園のベンチがいい」

泣き笑いの私の頬を大我くんの大きな手が包んだ。キスされるかと身構えたら、ぐにゃぐにゃと頬をいじられ不細工な顔にされてしまった。あとからあとからあふれてくる涙は、全部彼の手がぬぐい取ってくれた。

そうして私たちは手を繋いで帰った。大我くんのプロポーズ。一生で一番大切な思い出ができた日だった。


プロポーズという人生最高の日以来、私はお腹を壊しすっかり体調を崩してしまった。

どう考えてもフードフェスで食べすぎたせいだろう。胃が弱っているようで、吐き気がひどくて何も食べられない。

最初は『間抜けだな』と笑っていた大我くんだけど、二日もすると『うちの病院で検査しろ』と言い始めた。やつれ具合が心配になったようだ。

斯波総合病院に私がかかったのは、足をねんざした中学生時代のみ。そのときは整形外科だった。風邪は当時近所にあった小児科だったし、大人になってから内科にかかるような大きな風邪はひいていない。

大我くんのご実家の病院に患者としてかかるというのは、精神的にハードルが高いなと感じた。少なくとも和之おじさんは、大我くんと私が結婚したがっていると知っているわけだし、院長という立場ならカルテも見られるだろう。食べすぎでお腹を壊すなんて格好悪い姿を知られたくない。

一方でウィルス性の胃腸炎だと困るのも事実。大我くんには念のため実家に戻ってもらっているし、うつせないので仕事は二日も休んでいる。回復の見込みがないなら、このまま自然治癒を待つなんて悠長な話をせずに病院に行くべきだ。

近所の小さな診療所は、高齢の先生がやっていて、祖父も祖母もここで病気がわかって斯波総合病院に入院した。胃腸炎ならこの病院でわかるだろうし、薬ももらえるだろうと来院してみた。

診療所はこのあたりの年配の患者で混み合っていた。感染症だったらうつしてしまうと隔離の部屋に案内され、診察を待つ間に尿検査と血液検査をした。成人以来、私が健康診断すら受けていなかったからだ。職場が契約している健診は三十代までは希望制なのだ。

診察室に呼ばれたのは、隔離室に入って一時間後。

「ええと、検査の結果なんですが」

小柄なおじいさん先生は眼鏡の奥の目を細めてカルテを見つめ、それからこちらを見た。

「尿検査で妊娠の反応が出ています」

「え……？」

思いもよらぬ言葉に私は目を見開いた。

妊娠？　お腹に赤ちゃんがいる？　この吐き気はつわりだったの？

避妊はいつもしていたけれど、先月一度だけ避妊具が破れてしまったことがあった。すぐに中断して、新しい避妊具をつけたのだけれど、考えられるのはあのときだ。

「ここでも内診ができますけど、していきますか？　産婦人科で診察し直してもらってもいいけど」

「あ、あの、ここで！」

看護師さんに案内され、ベッドに寝転がった。内診用の椅子などはないそうなので、ベッドに寝た格好で、下から器具を入れお腹の中の超音波検査をしてもらった。

「うん。心臓も動いてるね。ここ、見えますか？」

「はい、見えます」

モニターには小さな黒い塊が映されている。これが、赤ちゃんらしい。私と大我くんの赤ちゃんは超音波で見ると丸い円に囲まれた豆粒にしか見えなかった。

小さくて、全然実感もないけれど、私のお腹の中で確かに生きている。

「最終月経から数えて八週目かな。三ヵ月目の最初ね。うちではお産まで取れないから、産院を探してね」

「はい、ありがとうございました」

もらった超音波の写真を手に私は頭を下げた。

顔がにやけてしまう。信じられないくらい嬉しい。

大我くんがプロポーズしてくれたタイミングで妊娠までわかるなんて、奇跡みたい。

「大我くんに連絡しなきゃ」

メッセージを打とうとしたけれど、仕事中だ。メッセージを見たら居ても立ってもいられなくなるに違いない。

それにこんなに素敵な報告は、直接会ってしたい。私たち、お父さんとお母さんになるんだよって、超音波写真を見せたい。

明後日は大我くんの誕生日。そうだ、その日に家に来てもらって話そう。

スマホで胃腸炎じゃなかったとだけ伝え、明後日に来てほしい旨も伝えておく。

吐き気はあったけれど、妊娠を知って心は浮き立っていた。弾むような心地でアパートに帰り着くと、ドアの前に見知った人が立っていた。

久しぶりに会うその姿を見て、私の浮かれた心がすうっと冷えていく。

「和之おじさん……」

大我くんのお父さんは私を見て、ぺこりと頭を下げた。シャツに春物のチャコールグレーのジャケットを羽織った姿は、大きな病院の院長先生というより、小学校の先生のように見えた。

「ちづるちゃん、久しぶり。少し話ができるかい？」

私たちの結婚のことだろう。それ以外で、和之おじさんが訪ねてくる理由がない。

わざわざ大我くんの仕事中を選んできたというのは、理由があるのだろう。

玄関先で話すのも失礼なので、私は鍵を開け、部屋に通した。

「この家に来るのは、鶴子さんが亡くなって以来だね」

和之おじさんは部屋を見渡し、祖母の名を言った。私はお茶を淹れるために電気ポットのスイッチを押す。

「昔はよく母のために来てくれましたね。和之おじさんが『お酒をやめなさい』って言うと、母は二日くらいは我慢していましたよ」

「二日っていうのが千寿子らしい。千寿子は手のかかる妹という感じだったよ。今はどこで何をしているんだろうね」

「さあ。祖母が死んで以来、私も会っていないので」

当時の母の居場所は祖母が知っていて、祖母がいよいよというときに連絡して呼んだようだった。結局祖母が亡くなる前に遺産分を受け取って、看取らずにいなくなった。葬儀にも顔を出していないし、行く先も知らない。今後も私から連絡を取ろうとは思わないだろう。

母との思い出すべてが嫌なものだとは思わないけれど、我が母ながら、勝手で困った人だと思う。和之おじさんにもどれほど迷惑をかけてきただろう。

「ちづるちゃん、きみは千寿子と違って本当にいい子に育った。鶴子さんが苦労して大事に育てたのが、きみを見ていると伝わってくる」

和之おじさんはそう言って悲しそうに目を細めた。おじさんが何を言いたいのかが、言葉にせずとも伝わってきた。

「大我くんとの結婚のこと……ですよね」

「そうなんだ。……ちづるちゃん、すまない。大我と別れてもらえないだろうか」

やはりそうか。わざわざ和之おじさんが訪ねてきたのは、頼みがあってだろうと思っていた。

「大我はきみと結婚すると言っている。わざわざ、私とちづるちゃんのDNA鑑定書まで取って言うんだ。『ちづるは親父の子じゃない。ちづるとの仲を反対される理由はない』と。妻はすっかり取り乱してしまってね」

房江おばさんが私を好いていないのはわかっている。ひとり息子の強硬な態度に困惑するのは無理もないだろう。

「妻と大我はきみのことで昔からぶつかってきた。大我ときみが交際関係になってからは、ほとんど口もきいていない。たった三人きりの家族なのに、家庭の空気が重苦しくて、妻はずっと悩んでいるんだ」

私の存在が房江おばさんの重荷にも、大我くんの執着にも繋がっている。だけど、私だって大我くんが大事だ。彼と家族になりたいと思っている。

「大我は、私の話も聞いてくれない。きみから別れると言ってくれれば、きっと聞くはずだ」

「でも和之おじさん、私も大我くんと結婚したいと思っています。認めてほしいと思っています」

私はローテーブルの横に出て、カーペットに手をつき頭を下げた。

「大我くんをずっと好きでした。これからも大我くんといたいんです。別れるなんてできません」

私は大我くんを愛している。子どもの頃からずっとずっと想ってきた。愛を確認し合って、ともに生きようと決めた。そしてまだ誰も知らないけれど、私のお腹には彼との愛の結晶が宿っている。

和之おじさんが沈痛な表情でうつむき、吐き出すように言った。

「大我には縁談があるんだ」

縁談。私以外の女性との縁談が存在するのだ。そういった話は以前から想定していた。だからこそ、大我くんは私へのプロポーズを急いだのかもしれない。

「蛍雪(けいせつ)ホテルグループのお嬢さんだ。昨年から話を進めている。大我がうなずかないから、一度もふたりは会っていないけれど、あちらは大我との結婚に乗り気だ。斯波総合病院としても、蛍雪ホテルグループのような巨大な企業体と縁戚関係になれるのはメリットしかない」

蛍雪ホテルグループという大きな企業の名前に少なからず動揺はした。しかし、それを顔に出さないように呟く。

「政略結婚……なんですね」

「大我は斯波家の跡取りだからね。斯波総合病院をいずれは継ぐ。結婚相手を自由に選べはしない。私だってそうだった……」

そう言って和之おじさんは私を見つめた。

「私だって、立場さえ考えなければ、千寿子を無法図な生活から掬い上げてやりたかった」

「母を……？」

うなずいた和之おじさんは、私を通してここにいない母に語りかけるような切なる口調で続ける。

「愛や恋ではなくても、千寿子は私にとっては妹同然だった。大事だったんだ。だけど、私には立場があった。だから今の妻と結ばれ、そして大我が生まれた」

和之おじさんの言葉に飾りはない。初めて聞いたけれど、和之おじさんは母との将来まで考えてくれた時期があったのだ。兄妹に近い情で、若い頃からふらふらしている母を心配していたのだ。

だけど、和之おじさんは斯波家の跡取りという責任のために、房江おばさんとの結婚を選んだ。そういう意味だろう。

「ここに少し包んである。足りなければ言ってほしい」

和之おじさんが鞄から取り出したのは、厚ぼったい封筒だ。おそらくお金が入っているのだろう。手切れ金とでも言えばいいだろうか。

「受け取れません！」

押し返す私の前にあらためて封筒を置き、それから和之おじさんは深々と頭を下げた。

「どうか、理解してほしい。ちづるちゃん、きみにはわかってもらえると思っている……」

苦しそうに懇願する和之おじさんに、私は唇を噛み締めた。

駄目だ。そんな事情を聞いて、申し訳なさも思うところだってあるけれど、私は大我くんと離れたくない。お腹に赤ちゃんだっているのだ。この子から父親を奪えない。

「大我と、そして妻のためなんだ。愛するひとり息子に拒絶され、傷ついている妻を助けてほしい。どうか、妻の心を救ってほしい。ちづるちゃんにしかできない」

和之おじさんの言葉は血を吐くような苦しく切ない懇願だった。追いつめられてどうしようもなくて、私にすがりに来たのだとわかる。

私は拳を握り、うつむいた。頭の中がどんどん静かになっていくのが感じられた。

私のお腹には赤ちゃんがいる。

大我くんの子どもだ。

さっきわかったばかりだけれど、私はもうお腹の赤ちゃんに愛着がある。大事にいつくしんで育てたいと思っている。

房江おばさんにとって、大我くんもそういう存在だっただろう。愛するひとり息子だもの。愛しい宝物に、拒否され続けるのはさぞつらいに違いない。

「和之おじさん、お金は受け取れません。今日はお帰りください」

毅然（きぜん）と言いきったつもりだった。だけど、私の動揺はきっと顔に出ていただろう。

和之おじさんはうなだれ、「どうか頼むよ」と言い残し、去っていった。


アパートの部屋、ローテーブルにもたれ、私は暗くなるまでそうしていた。

スマホには大我くんからのメッセージが入っていた。

【了解。よく寝ろよ。明後日、夜に行くから】

確認だけして、スマホを置いた。

吐き気とだるさがひどい。そして、頭の中ではさまざまなことが回っていた。

和之おじさんの言葉を反芻する。私が身を引けば、斯波家も斯波総合病院も助かるのだ。

大我くんは蛍雪ホテルグループの女性と縁談がある。都内にラグジュアリーなホテルをいくつも持っている大きな企業だ。大我くんの容姿と立場を考えたら、直接会わなくても向こうの女性が結婚に乗り気になるのは当然だろう。

大我くんが結婚すれば病院は安泰。そして、何より大我くんとご両親の関係が改善できるだろう。

彼はあの通り、激しい炎のような性格の人だ。他者には冷たい炎を浴びせ、私やご両親には熱い炎を遠慮なく突きつけてくる。その強さが美しさでもあるけれど、彼が受け入れようとしなければ、彼に近づくことは永遠に不可能なのだ。

私は彼に求められ、受け入れられた人間だから、彼と本音で対話ができる。だけどご両親は今、彼に拒絶されている。取りつく島がない状態なのだ。

ともすれば、大我くんは私さえいればいいと考え、ご両親を蔑ろにしかねない。子どもができたと知れば確実に私を取り、冷徹に親を切り捨てるだろう。

そうしたとき、和之おじさんと房江おばさんの悲しみはいかばかりか。

私はまだぺたんこのお腹をそっと撫でた。

ここにいる赤ちゃん。産む苦労と育てる苦労はまだわからないけれど、愛しさはもう感じている。そんな我が子に怒りと憎しみしか向けられず、無視をされ切り捨てられたら、親として死ぬほど悲しいに違いない。

和之おじさんには恩がある。

祖父も祖母も斯波総合病院で最期を迎えた。母は妹同然に心配され、愛され気遣われていた。

母はああいう人だから、和之おじさんに恩義すら感じていないだろう。立つ鳥あとを濁しまくっていなくなったに違いない。母が受けた大恩を返すのは私の役割かもしれない。

「私がいなくても、大我くんは幸せになれる……」

自分に言い聞かせるように私は呟いた。お腹を撫でながら、低い声で。

二日後、仕事を終えてアパートに戻ると大我くんはもう家にいた。

「五日くらい会わなかったけど、久しぶりって感じだな」

玄関で大我くんは私のこけた頬を撫でた。優しい手つきだった。

私はうなずき、それとなくその手をのけ、先に立って居間に入る。電気をつけ、鞄を冷蔵庫の前にどさりと下ろした。緩慢な動作で振り向くけれど、大我くんの目は見られない。

大我くんはいつもと変わらぬ口調で尋ねてくる。

「夕飯、どうする？」

「大我くん、今日で二十八歳だね」

前置きなく言うと、大我くんは唇の片側を上げてにっと笑った。

「ああ。なんだよ、祝ってくれるのか？」

本当はお祝いしたかった。ケーキを買って、ごちそうを作って。そして、とっておきのプレゼントに超音波写真を渡すつもりだった。

「お祝いできなくなっちゃったんだ」

もうお祝いは叶わない。私はうなだれ、ポケットに用意しておいた小箱を彼に差し出した。それは先日もらった婚約指輪入りの小箱だった。

大我くんは数瞬黙り、怪訝(けげん)そうに眉をひそめた。

「どういう意味だ」

「結婚できない。……今日はそれを言おうと思って来てもらった」

「うちの親に何か言われたか？」

彼の顔に怒りがひらめく。私は首を左右に振り、なるべく静かに言った。

「他に好きな人ができたの」

「そんな嘘を信じると思ってんのか？　ちづるは俺のことが好きだ。知ってんだよ」

「結婚できない」

言いながら、涙がにじんできた。泣いては駄目だと思っていたけれど、こらえきれない。

私は大我くんを振る。精一杯ひどいやり方で。

大我くんが『あんな女もういい』と思うくらい、嫌な女になる。

「だいたい、大我くんは昔から我儘だよ。俺様で、偉そうで。私の気持ちだって、勝手に決めつけてるだけじゃない」

「ちづるに好かれてると、俺が思い込んでるって？」

「そうだよ。本当は大我くんの意地悪で勝手なところ、ずっと嫌だったの。だから、他に好きな人が——」

大我くんが私の肩に触れた。私を射貫く目は怒っていない。私の中の真実を探そうという目だ。

「誰がおまえにそんなことを言わせてるんだ」

「私の意志……だよ」

「俺に嫌われようとしてるのか」

「私は大我くんが嫌い」

大我くんが私の身体を抱き寄せた。それから低くて情熱的な声が身体の芯に響いた。

「俺はちづるが好きだ。おまえに嫌われても、愛してる」

苦しい。涙があふれる。

私だって大我くんが好きだ。だけど、大我くんとご両親の関係を壊したくない。

幸せになれる道が用意されているなら、そちらを選ばせたい。

私を選び、すべてを捨てるなら、そんなことさせたくない。

「は……離して……」

必死に声を絞り出し、私は彼の胸を押し返した。わずかな力で大我くんは後ろに退いた。

大我くんの表情を見て、いっそう悲しくなった。頼りなく、切なく、だけど真剣に私を見つめる琥珀色の瞳。

彼は本当に私を愛してくれている。今この瞬間もなお、変わらぬ強さで。

「別れたいです……」

私のかすれた声が室内に響いた。

「……今日は帰る」

大我くんはうつむき、それからジャケットを手に私の横を通り過ぎた。

「もう、ここには来ないでください」

「俺はまだ納得していない」

玄関のドアが閉まる音を聞いて、私は崩れ落ちた。そのままカーペットに突っ伏してわんわん泣いた。大我くんは私を愛している。私が拒絶したくらいでは折れない。

私はもう、彼の目に見えるところにもいてはいけないのだ。


大我くんと別れた。

何も考えられないし、考えたくない。しかしそう甘えたことも言っていられない。

私もやらなければならないことがある。

この町を出なければならないだろう。

お腹の子を守れるのは私だけで、この子を無事に産み落とすためにはこの町にはいられない。

別れたといっても彼は完全に納得はしていないし、これからも接触を図ってくるだろう。周囲に協力を頼み、うまく遠ざけられたとしても、私が妊娠出産したとなれば大我くんの知るところになる。実家は近所なのだ。職場の吉井電子の事務所も工場も、彼にとっては子どもの頃から馴染みのあるご近所。

私の子どもとなれば、大我くんは確実に自分の子だと考えるだろう。そしてそれは真実だ。

生まれた赤ちゃんが、彼のような整った顔立ちとあの綺麗な瞳を持っていたらどうだろう。私たち幼馴染みを知る周囲の人だって気づく。大我くんのご両親の耳にだって入るかもしれない。

そうなったとき、赤ちゃんはどうなる？

大我くんの縁談はどうなる？

私はこの西ノ関町にいてはいけない。

だけど、どこに行けばいいのかも皆目見当がつかない。

生まれてこの方、練馬区の片隅の町で暮らしてきた。旅行だって、修学旅行で京都に行ったことがあるくらいで、遠方には出かけたこともない。

貯金と祖母の遺してくれたお金で出産までは暮らせるだろうけれど、無職で保証人もいない女が借りられるアパートはあるのだろうか。

つわりはひどくなる一方で、食事がまともにとれていない。大我くんと離れた実感も、心と身体に重くのしかかる。そんな中で決めることが多すぎる。やらなければならないことが多すぎる。

ああ、だけどこうしている間にお腹の赤ちゃんは育っていくのだ。早く動かなければ。

「ちづるちゃん！」

大きな声をかけられ、私はびくりと肩を揺らした。見上げると、奥さんが私を心配そうに見つめていた。吉井電子の事務所、定時はとっくに過ぎている時刻で、私は事務所のデスクでぼうっとしていたのだ。

「声をかけても返事がないから、大きな声を出してしまってごめんなさいね」

奥さんの気遣わしげな表情に、慌てて首を振る。

「いえ、すみません。考え事をしていました」

苦笑いをしてみせたけれど、奥さんは眉を八の字にして心配そうに覗き込んでくる。

「余計な心配かもしれないけれど、ちづるちゃん、何か悩みがある？」

「悩みなんて」

反射的にそう口にして次が続かなかった。言葉が喉の奥にひっかかって出てこないのは、正直な身体の反応だったのかもしれない。

「今週お休みしたでしょう。復帰してからずっと浮かない顔をしているから。体調も悪そうだし、何か病気が見つかったなんてことがあったら」

「いえ、そういうんじゃないんです。ただ……」

「ただ？」

「お仕事を……辞めさせてもらおうかと……」

ずっとこの職場にいるのだと思っていた。祖母も働いた工場の事務は、居心地がよく安心できる場所だった。祖母を亡くした私の居場所になってくれた。

奥さんは目を丸くしたあと、ゆっくりと表情を微笑に変えた。

「私も主人もちづるちゃんのことは末の娘みたいに思ってるのよ。鶴子さんの分も、ちづるちゃんを見守りたいって。お節介だとは思うんだけど」

奥さんの言葉に、耐えていた涙がにじんできた。

温かい愛情を、私はずっと工場長夫妻からもらっている。この人たちに本当のことを言わず、ここを辞めていなくなるのはあまりに不義理ではないだろうか。

　そして、祖母の言葉も脳裏をよぎった。私の幸せを望んだ祖母はこの状況に何を思うだろう。大我くんの子どもを身ごもり、彼に別れを告げた私。大事な人たちと生まれ育った町から離れようとしている私。

「東京から、離れようと思っています」

「ちづるちゃん、よければ何もかも話してくれない？　どうしようもない事情があるからなのね」

　こぼれてくる涙を手でぬぐって言葉を探す。そこに吉井工場長が事務所に戻ってきた。私の様子を見て、慌てた声を出す。

「どうした、ちづるちゃん。何かあったのか？　今、あったかいお茶を買ってくるからな」

　そう言って事務所を飛び出していった工場長は、一分もかからず工場前の自動販売機でペットボトルのお茶を買ってきてくれた。

「ちづるちゃん、言いたくなければいいのよ。だけど、私たちで力になれるなら、話してほしい」

「奥さん、工場長、すみません……。私………」

その日、私はすべてを吉井工場長夫妻に話した。

大我くんとのこと、斯波家のこと、お腹の赤ちゃんのこと……。この町を出ようと思っている理由を包み隠さず話した。


それから一週間後、私は吉井電子を退職した。

翌日にはアパートを引き払い、私は生まれ育った練馬区西ノ関町を出た。お腹に宿る小さな命とともに。

五　新しい土地、新しい人生

冷たい北風が吹いている。この町の冬は東京よりひと月は早いのかもしれない。夏は東京を超えるくらい暑かったけれど、秋の訪れも早かったように思う。

十月、玄関のドアを開けた私は、高い空を見上げ深呼吸をした。枯草と土の匂い。住んでいるアパートは新幹線の停まる駅から徒歩十五分の立地だけど、周囲は田んぼと畑だらけだ。

稲刈りが終わった田んぼは、寒々しくもすっきりとしている。新潟県のこの町に引っ越してきた半年前は、緑の絨毯（じゅうたん）が山裾まで続いている光景に感動したものだ。秋は黄金色の稲穂の波にも驚いた。ここはめまぐるしく景色が変わる。

私は鞄を肩に提げ、大きくなったお腹に気をつけながらアパートの階段を下りた。目的地の駅方向に向かって歩く。九ヵ月の妊婦にはいい運動だ。お腹の赤ちゃんは男の子で、来月末には生まれてくる予定である。

駅にほど近いビルは一階がお菓子屋さんで、二階から四階はカルチャースクール用の教室になっている。エレベーターで二階に上り、一室のドアを開けた。

「おはようございます。よろしくお願いします」

開始時刻より三十分も早いけれど、教室にはすでに四人の奥様たち。そして、この手芸教室の先生である岩名（いわな）靖世さんが来ていた。

「おはようございます、ちづる先生」

「ちづる先生、お腹がまた大きくなったんじゃない？」

「そりゃそうよ。もうじき生まれるんだから」

六十代から七十代の奥様たちは寄ってきて、きゃっきゃと私のお腹を触ってくる。屈託ない親愛に私はいつも嬉しくなる。

「生まれるまで一ヵ月以上はありますから、まだまだ教室のお手伝いができますよ」

「生まれたら、赤ちゃん連れてお仕事してね」

「みんな赤ちゃんが楽しみなんだから」

「やあね。産後はちづる先生をゆっくり休ませてあげないと」

口々に明るい声を張り上げる奥様たちは、私よりずっと年上だけど生き生きしていて可愛らしい。

靖世さんが私にテキストを手渡してくる。

「ちづるさん、早速で悪いけれど、このページを人数分コピーしてきてくれる？」

「はい、わかりました」

「今日は八名出席の予定だから」

「お向かいのコンビニまで行ってきます」

私は預かったテキストを手に教室を出た。

「気をつけてね」

ドア越しの背中に靖世さんの声がぶつかった。

手芸教室のアシスタントは、妊娠中の私にとって唯一の仕事だ。週に二度、こうして教室のアシスタントを務めている。また、パソコンやネットが不得意な靖世さんに代わって、ハンドメイドマーケットプレイスへの出品や、顧客とのやりとりを担当している。

岩名靖世さんは、吉井工場長の妹さんでキヨおばあちゃんの娘さん。若い頃にこの町の男性に嫁ぎ、ここ十年ほどは手芸教室の先生をやっている六十代半ばの女性だ。ご主人は三年前に亡くなり、今は一戸建てにひとり暮らしをしている。私が借りているアパートも靖世さんの持ち物だ。

半年前、東京を出る決意をした私に靖世さんを紹介してくれたのは吉井工場長夫妻だ。何度か山菜をもらったご縁で、工場長づてにお礼は伝えてもらったけれど、靖世さんに実際会ったのはこの町に来たときだった。

『そういうことなら、私のところにいればいいわ』

靖世さんは快くアパートの一室を貸してくれた。四戸しかない木造の古いアパートは、今一階に住んでいる老夫婦が退去したら取り壊す予定だったそうだ。夫婦は高齢だけど、まだ数年は自活するつもりだそうで、それまでなら住んでくれていいとのこと。敷金も礼金も不要と言ってくれた。

さらには、靖世さんは手芸教室の手伝いまでさせてくれた。

『ネットに疎いから、手伝ってくれると助かるのよ』

そう言って、ハンドメイド作品のネット販売を私とともに立ち上げ、その分もお給料を出してくれた。

吉井工場長と奥さん、そして靖世さんのおかげで、私はこの町に根付こうとしている。私ひとりでは、馴染みのない土地から子育てできる場所を選ぶのも、アパートを借りることすら困難だったに違いない。

なんて恵まれているのだろう。

多くの人に感謝しながら、私はこの町で生きていきたい。今はそう思っている。

「ちづるさん、買い物に付き合ってくれてありがとう」

教室のあと、靖世さんの日用品の買い出しに付き合い、家まで届けた。妊娠中とはいえ、買い物の荷物持ち程度はいい運動だ。

「いえ、私もキッチンペーパーが切れていたのでちょうどよかったです」

「アパート、寒いでしょう。古くてごめんなさいね」

靖世さんが玄関先で、アパートの方を見やって言う。靖世さんの戸建てから私が借りているアパートは目と鼻の先。玄関からもアパートの屋根が見える。

「充分快適です。東京にいた頃住んでいたアパートの方が築年数は経っていたと思いますし」

「あら、そうなの。でも、この町は雪が降るから」

靖世さんに招かれるままに屋内にお邪魔する。靖世さんは電気ポットのスイッチを入れ、おせんべいを木の菓子皿にのせて出してくれた。

「私もお嫁に来た最初の年は驚いたものよ。寒いし、あんまり雪が降るもんだから」

「一メートル以上降るんですよね。私はせいぜい十センチくらいの雪しか見たことがないので、実はちょっと楽しみなんです」

「降り込められると楽しくないのよ。まあ、もう少し山沿いの地域と比べたら、この町の雪なんか少ない方なんだけどね」

　そうそう、と靖世さんは立ち上がり、寝室から箱を持ってきた。

「これね、私のお古で悪いんだけど、雪用の靴。ちづるさんと私、足のサイズほとんど同じでしょう」

　箱の中から出てきたのは、ごつっとしたディテールのハイカットのスニーカーだ。

「スノートレッキングシューズよ。少しの雪や、アイスバーン状態の道は、これが一番滑らないから」

「わあ、ありがとうございます。長靴は買ったんですが、こういったものは持っていなかったので」

「長靴も今度見せてごらんなさいね。スパイクがついたものでないと危ないわよ」

　靖世さんはそう言って恥ずかしそうに微笑んだ。

「私が張り切っちゃってるわね」

「お気遣いありがとうございます。何も知らないので、嬉しいです」

　靖世さんと亡くなったご主人にはお子さんがいないそうだ。

　靖世さんは、私の事情をすべて知った上で受け入れてくれ、さらには日々の生活まで考えてくれている。ありがたいし、家族のような温かさを感じる。吉井工場長夫妻にも靖世さんにも感謝の気持ちでいっぱいだ。

ふと、大我くんの顔が脳裏をよぎった。

私と家族になろうとしてくれていた彼。考えない日はないけれど、考えてはいけないとも思っている。

私は彼を捨てて、この町に来たのだから。

「ちづるさん、産後しばらくはこの家にいてもいいのよ」

「そこまでご迷惑はかけられません。ネットスーパーもありますし、ひとりで乗りきれます」

「そう？　私もちょくちょく差し入れを届けるからね。お教室はいつ復帰してくれてもいいけれど、そのうち正社員のお仕事を探すんでしょう？」

私はこくりとうなずいた。

出産後、息子を保育園に預けられるようになったら正社員の職を探そうと思っている。今は靖世さんの厚意で、あのアパートを安く貸してもらえ、祖母の遺してくれたお金を取り崩して生活しているけれど、いつまでもこのままというわけにはいかない。

安定した職業につき、息子を育てる。工場の事務員経験はあるから、事務職があれば一番いいけれど、正社員になれるなら職種は問わないつもりだ。

「あの、仕事は探しますが、靖世さんのハンドメイド販売はこのまま手伝いますので。それはできます」

「そんな心配はいいのよ。お仕事を決めるとき、保証人が必要なら私がなるわ。私が言いたかったのは、先々、できる限りの手伝いはするから、安心してお産に臨んでほしいってこと」

「靖世さん……」

本当に感謝しかない。今、私にできることは靖世さんのわずかな手伝いだけど、いつかきちんと恩返しがしたい。移り住んできたこの町で、ひとり出産し育児をするつもりだった。靖世さんがいてくれることで私の心細さはなくなった。

「本当にありがとうございます。頑張ってお産に挑みます」

「気が早いわね、私たち。さて、さつまいもを甘く煮るつもりなの。できたら持って帰って」

「はい!」

さつまいもと砂糖と醤油の香ばしい香りを嗅ぎながら、パソコンでの作業と商品発送の準備をした。私のお腹がぐうと鳴ると、お腹の中で赤ちゃんがぽこんと蹴った。

大我くんは、どうしているだろう。

外科医として斯波総合病院で研鑽を積んでいるだろうか。縁談は進んだだろうか。

一方的に別れを告げ、突然消えてしまった私を恨んでいるだろうか。

大我くんの電話番号もメールアドレスもブロックして、スマホのアドレス帳から消した。メッセージアプリもブロックしたので、彼からも私からも連絡は取れない。

アパートにあった大我くんの荷物は引っ越しのタイミングで彼の家に送った。

この町に引っ越してきてから、和之おじさん宛てに手紙を書いた。

【大我くんとお別れをしました】

内容は端的だった。

【母・千寿子ともども、受けた恩をお返しします。

ただ、私は大我くんを真剣に愛していました。これからもそれは変わりません。

東京を離れます。遠い土地で、大我くんとご家族の幸せを祈ります】

それだけの短い手紙は、房江おばさんの目に留まるのは避けたかったので、斯波総合病院の院長宛てに送った。未練がましいかもしれないけれど、この恋が一生をかけた真剣なものであったと、知っていてほしかった。必ず大我くんを幸せにしてやってほしいという強い気持ちの表明でもあった。

この町に来て、田園風景を眺めながら毎夜泣いた。

自分で離れたのに、大我くんに会いたくてたまらなかった。どうにかしてもう一度会いたい。ひと目顔を見たい。そう思って、反射的に財布を持って新幹線のホームまで行ったこともある。

だけど、結局はやめて戻ってきた。そうして部屋でひとり、飽きることなく泣いた。

もう一生大我くんには会わない。私の一番大事なピースは埋まることなく、空洞のまま生きていく。寂しさは消えないし、苦痛も終わらない。

そんな私を救ったのは、靖世さんと生徒さんたち。そして、お腹の中ですくすく育つ息子だった。

豆粒みたいだった小さな命は、健診で会うごとに大きく、人の形を成していった。

初めて胎動を感じた日は、信じられなくて何度も何度もお腹を触って、もう一度動くのを待った。男の子だとわかった日は、靖世さんと男の子用の産着を買いに行った。

私の声に反応してぽこんと蹴る息子は、私が泣いているといつもぽこぽことお腹を蹴って慰めてくれた。

いつまでも泣いてはいられない。

そう思えるようになったのもこの子のおかげ。まだ、大我くんを想って涙が出るときもあるけれど、この子のために強くならなければと思う。

「順調ですね」

九ヵ月健診で医師に言われ、私はほっと胸をなで下ろした。まだすぐにお産というわけではないけれど、赤ちゃんに会える日は近づいているのだ。

健診は、この町の雪ノ原（ゆきのはら）病院の産婦人科で受けている。このあたりの基幹病院で、駅からは少し離れているけれど、患者の多い綺麗な総合病院だ。周産期母子医療センターとしても認可されていて、新生児集中治療室もある。

靖世さんのご主人がかかっていたのもこの病院だそうで、教えてもらって産科に分娩（ぶんべん）予約をしたのだ。

医師の診察のあと、助産師指導で日常生活のチェックなどを受けた。不安なことなどもここで相談できるのがありがたい。

「雛木さん、先月は胃の圧迫であまり食べられなかったと言っていましたが、今月はどうですか？」

「少し楽になりました。胎動が激しくて、呻いてしまうくらい痛かったりします。夜も動くので寝苦しくて」

「元気な赤ちゃんですね。お産の間際になると、たくさんは動かなくなるんですけど、これも個人差なんですよねえ」

じゃあ、あとひと月ちょっとはこの子のキックを受け続けなければいけないのか。赤ちゃんはとにかく元気で、九ヵ月になってもお腹の中をぐるぐる動き回っている。絶対に大我くんのやんちゃな遺伝子のせいだ。

そんなことを考えつつ、会計を済ませて病院の外に出る。ぴゅうと冷たい風が吹き、マフラーに首を埋めた。

病院からアパートまでは歩いて三十分以上かかるのでバスで来ている。どうせならバスで一度駅まで出て買い物をしようか。そんなことを考えながら、スマホの電源を切っていたことを思い出して鞄から取り出した。

「なんだろう」

バスに乗り込み、電源を入れ、着信がいくつかきているのに気づいた。吉井工場長と靖世さんからだ。

何か急用だろうか。ふと思いついたのは高齢のキヨおばあちゃんのことだ。東京だって寒くなってくる頃だ。体調を崩したとか……。

帰宅したら電話してみようと考え、買い物はやめてアパート近くのバス停で降りた。

急ぎ足でアパートの外階段を上る。足元を見ていた私が、鍵を取り出し顔を上げたのは階段を上りきった瞬間だった。

「ちづる！」

その声を聞き間違えるはずもない。その姿を見間違えるはずもない。

「大我くん……」

彼がいた。半年前に別れた最愛の人の姿がそこにあった。

薄手のジャケットにジーンズ姿。少しやせただろうか。たった半年会わなかっただけなのに、すごく大人びて見えた。

「会いたかった」

大我くんの顔が切なく歪む。狭い外廊下だ。逃げる間もなく、私は腕をつかまれ抱き寄せられた。

「会いたかった、ちづる」

「離して」

「会いたかったって言ってるだろ」

抱擁が強くなる。腕を突っ張ろうとしても、彼の力にはかなわない。

どうしよう。大我くんがいる。嬉しいと全身が言っている。やっと会えたと心が騒いでいる。

「離して！　私たち別れたでしょ？」

流されては駄目だ。

喜びに負けないように私は声を張り上げ、精一杯の力で彼を押しのけた。

「へぇ」

わずかに身体と身体が離れる。ぎくりとしたのは、彼の意地悪な微笑みを見たからだ。

目を細め、薄く笑ったその顔には、すさまじい怒りがにじんでいた。長い付き合いだから、痛いほどわかる。大我くんはものすごく怒っている。

「俺は別れた覚えがないがなァ」

間延びした声もドスが利いている。なまじ顔が綺麗なので、怒りに満ちた笑顔は迫力があった。私はぎゅむっと唇を噛み締め、生唾を飲み込んで、彼の腕を振り払った。

「別れました」

「別れてない」

「私は別れると言いました！」

「俺の子を身ごもって別れるとは、理由があるんだよな？　ちづる」

大きなお腹を今更隠すこともできないし、おそらくここに来た時点で彼は知っていたに違いない。お互い一歩も引かない状況で、私たちは対峙する。

「とりあえず……、寒いから部屋に入って」

このままこの外廊下で言い合いをすれば、一階のご夫婦や近所の人が聞きつけるだろう。東京よりずっと人が少なく、コミュニティも強い地域で問題を起こしたくない。靖世さんに迷惑がかかる。

何より大我くんが本気で怒っているなら、私も覚悟を持って受けて立たねばならない。別れると決めて離れたのは私なのだ。

鍵を開け、ひとりで暮らしてきたアパートに招き入れる。大我くんは靴を脱ぎ、遠慮なく足を踏み入れたものの、その古い部屋を見渡ししばし黙っていた。

練馬のあの部屋にあったもののうちいくつかの家具は持ってきたけれど、ほとんどは処分してしまった。見覚えがあるだろうローテーブルの横に大我くんは腰を下ろした。私はその向かいに正座の格好で座る。もてなす気はない。

「今、何ヵ月だ」

「九ヵ月。大我くんの子じゃないから」

私は彼を見ずに言いきった。

　すると大我くんはふうとため息をつき、こちらを鋭い目で射貫く。

「俺の子に決まってるだろうが」

「わ、私、あの頃、二股かけてた！」

「おまえがそんな器用な女なら、わざわざこんなところまで追いかけてこないんだよ」

　怒った顔に吐き捨てるような口調。私は負けじと頑なな表情で彼を見つめ返した。

「追いかけてきてなんて言ってない。私は別れると言ったし、もう会わないつもりで引っ越した」

　大我くんは言い返そうとして、一度口をつぐんだ。それから長いため息をついて、前髪をかき上げた。

「おまえに別れるって言われて、スマホもブロックされて……。気づいたらおまえは工場も辞めてアパートも立ち退いて姿を消してた。さすがに俺もへこんだ。そこまで嫌われていたのかってな。でも、同じくらい違和感もあった」

　言葉を切って、私を見据える。その琥珀色の綺麗な瞳は、厳しく追及するように私を捉えていた。

「あれほどプロポーズに喜んでいたおまえが、どうしていきなり態度を変えたのか。

俺の知らない事情があるんじゃないか。……昨日、院長室にあった手紙を見つけてそれが確信に変わった」

どきりとした。それは私が和之おじさんに送った手紙だろう。

「親父を問いつめてもだんまりだ。手紙の消印の都市が新潟で、山菜をくれた吉井工場長の親戚が新潟にいたって思い出した。だから、工場長のところに行ったんだよ」

「吉井工場長から聞き出したの？」

「ああ、全然教えてくれなかったけどな。早朝から午前いっぱい居座って聞き出した。子どものこともな」

あの着信はその話だったのだ。東京からこの町まで新幹線で二時間ほど。私が健診で連絡がつかなかったため、連絡より先に彼と再会を果たしてしまったのだろう。工場長に悪いことをしてしまった。きっと今頃心配しているに違いない。

「靖世さんのところにも行ったの？」

「ちゃんと菓子折り持っていったぞ。ちづると腹の子が世話になったってな」

堂々と偉そうに言う大我くん。行動力もあるし、メンタルのタフさもある。だけど、たった一日で私の居場所を突き止め、会いに来るなんて……。

「ただただ、おまえに会いたかった」

大我くんは一点を見つめ、ぽつりと言う。

「あのとき、おまえが妊娠していたと気づけていれば、監禁してでも逃がしたりしなかったのにな」

自嘲気味に言う彼は、私だけでなく自分自身にも怒りを覚えている様子だった。

それにしても監禁という怖いワードが出た気がする。いよいよ危機感を覚える私に大我くんは向き直った。

「もう鬼ごっこは終わりだ。帰るぞ、ちづる」

さも当然というような口調に、うっと詰まった。しかし、ここで彼の重たい愛情にほだされるわけにはいかない。私は決意を持って、彼と別れたのだ。

「この先も大我くんと復縁する気はない。東京へは戻りません」

「親父への手紙を読んだからわかる。おまえは俺のために身を引いたんだろ？　俺がどこかの令嬢と結婚するだとかそんな理由で」

そう言ってから、大我くんは馬鹿にしたように笑った。

「ちづるはそんなこと気にしなくていい。俺はおまえを嫁にするって決めてるし、おまえの腹には俺の子がいる。もう誰にも邪魔はさせない」

簡単に言うけれど、それでは私が身を引いた意味がなくなってしまう。頭を下げた和之おじさんの姿が浮かんだ。

大我くんを思う和之おじさんと房江おばさんにとって、私の存在すら邪魔なのに、お腹の赤ちゃんまでいたら……。きっともっと、房江おばさんを追いつめてしまう。それはいや、もしかすると、この子だけ斯波家に奪われてしまう可能性すらある。それは私の心の底にある不安のひとつで、東京にいられないと感じた理由でもあった。

大我くんの息子だとわかれば、ご両親はこの子を欲しがるかもしれない。大我くんが誰とも結婚しないと言い張っても、斯波家の跡継ぎができるのだから。

「……大我くんと私の恋は終わったって思ってる。それは周りは関係なく、あなたと私の間の話だよ」

私は膝の上で拳を握った。

そうだ。覚悟がなければ、ここまでのことはできなかった。ここで全部台無しにはしない。

「この子は私の子で、あなたの子じゃない。東京には戻らない。ふたりでここで生きていきます」

「そんな言葉で俺が納得すると思ってるのか?」

「大我くんが納得しなくてもいい。私だってあなたの言葉は受け入れない」

私は床に手をつき、深く頭を下げた。

「帰ってください。そしてもう二度と会いに来ないで」

大我くんはしばし黙っていた。それから、私の肩に触れ、土下座の格好の私を起こす。

見上げた大我くんの綺麗な瞳は、あの頃と変わっていない。

浮かんだ表情はそれまでの怒りを押し殺したものではなく、感慨深そうな静かな微笑みに変化していた。

「会いたかったおまえに会えた。今はそれでいい」

髪に触れた手がそのまま頬に移動する。温かくて大きな大我くんの手。その温度を実感する前に、私は慌てて後ろに下がった。

大我くんの笑顔が一瞬寂しそうに揺れたのがわかった。

しかし、それ以上彼は何もせず立ち上がり、鞄を手に玄関に向かう。

見送りというわけではなかったけれど、寂しそうな後ろ姿を放っておけず玄関までついていく格好になった。

「身体に気をつけて。元気な子を産めよ」

「はい……」

大我くんも身体に気をつけてね。頑張りすぎないでね。ご両親と仲良くしてね。

言いたい言葉がたくさんあったけれど、口にしなかった。

「じゃあな」

大我くんは短く言って、アパートを出ていった。

階段を下りていく足音を聞きながら施錠をし、上がり框で思わずへたり込んだ。

大我くんだった。あれほど会いたいと思っていた彼に実際会ってしまった。もう離れたのに、会ったら揺らぎそうになった。彼の手を取って一緒に行きたかった。お腹の子をふたりで育てようと言いたかった。

だけど、私は断った。

きちんと断れたじゃない。自分を褒めてやりたい。

大我くんにご両親を蔑ろにしてほしくないのは、家族を失った私の願い。斯波総合病院の跡継ぎとして、正しい道を行ってほしい。

私はあなたと同じ道は行けない。だから離れた。

ただ、あなたの子をひっそり産むことだけ許してほしい。もう会うこともないだろうけれど、遠い土地でそれぞれ幸せになろう。

今日この日の再会は、きっとお互いの決別のため。

涙があとからあとからあふれ、止まらなかった。私の嗚咽が聞こえているのか、息子はお腹の中で慰めるようにぐるぐる動き回っていた。


「ちづる先生、もうすぐねえ」

「はち切れそうなお腹～」

今日も手芸教室の奥様たちは、遠慮なく私のお腹を撫でている。きっと赤ちゃんが生まれたら、こぞって抱っこしてくれるのだろうなと今から楽しみだ。

「ほらほら、みなさんお片付けよ」

靖世さんが声をかけ、奥様たちは「はあい」と女子高生のような可愛い返事をして、長机を片付け始めた。

大我くんと再会してから一ヵ月。妊娠三十六週目、十ヵ月目に入った私は出産までのわずかな時間をこうして手芸教室の手伝いをして過ごしている。

あの再会は本当に驚いたし、一時期はこの町から離れなければならないかと思った。しかし、大我くんはきっともう会いに来ないだろう。

私はあらためて彼に別れを告げ、大我くんは去っていった。あの様子なら納得はしていなくても、私の頑なな態度に懐柔は無理だと思ったかもしれない。

忘れてほしい。

お腹の子は気にかかるかもしれないけれど、他の女性と家庭を築き子宝に恵まれれば、顔も知らない我が子だって忘れられるに違いない。私ごと忘れてほしい。

私も忘れる努力をまた始めるつもりだ。まだ心の大部分を彼の存在が占めるのだと気づいてしまったのは絶望的に悲しい事実だけれど、立ち止まっていてはいけない。彼を捨てたのは私で、生半可な覚悟でここまで来たわけじゃない。

「それじゃあ、ちづる先生」

「身体を冷やしちゃ駄目よ」

元気に手を振る生徒さんたちを見送って、靖世さんと室内の整理整頓をした。

並んでビルの外に出れば、ちらちらと小雪が舞い始めていた。今日は朝から寒いと思っていたけれど、初雪だ。

「少し早いわね。今年の雪は」

「綺麗ですね」

靖世さんは「そう思えるのは最初だけ」と笑った。

あの日靖世さんは大我くんに会っている。しかし、私が彼を追い返したことを聞き、それ以上は尋ねてこなかった。何もなかったかのように接してくれる靖世さんはひたすらに優しいのだ。

吉井工場長からは私の居場所を教えたことについて謝罪の連絡がきたけれど、もともと夫妻の協力がなければ東京脱出すら果たせなかった。むしろ、いざこざに巻き込んでしまったのは私で、今回の件だって申し訳ないくらいだ。

靖世さんが傘の下から私を窺うように見た。

「ちづるさん、帰りにうちに寄ってくれない？　ぜんまいの煮物を持っていってほしいのよ」

「ありがとうございます。ぜんまい大好きです」

靖世さんの作ってくれる料理はどれも絶品で、この土地の野菜や山菜を使った料理はいっそう美味しい。ぜんまいは春に採って乾燥させて保存食にしているため、冬でも食べられるらしい。

来年の春は、きっと新しい山菜を教えてもらえるのだろう。そうしてこの土地で、優しい人たちと息子を育てていこう。激しい恋はもういい。彼からもらった思い出で充分。この先は息子への穏やかな愛とともに静かに生きていきたい。

靖世さんの家に寄り、アパートに帰った。冷えきった部屋を暖めるため、ストーブをつけた。ぜんまいの煮物を冷蔵庫にしまって、夕食の算段をつける。冷凍してあるカレーを解凍しようか。

この部屋は六畳と四畳半の二間の間取りで、四畳半を寝室にしている。居間の六畳の片隅にはもうじき生まれる赤ちゃんのために小さな布団を一組と、新生児用のオムツ、おしり拭きなどを用意してある。

私が入院するとき用の荷物も準備万端だ。妊婦健診は毎週で、昨日行ってきた時点ではまだ兆候はないそうだ。

解凍モードの電子レンジがぶーんと音をたて、外は先ほどと同じペースで雪が舞っている。十一月の夕空は暗く静かだ。

そのとき、玄関のチャイムが鳴った。誰だろう。宅配便などは頼んでいないし、靖世さんはさっき別れたばかりだ。

「はあい」

ドアを無造作に開けて、凍りついた。

そこに大我くんが立っていたからだ。いつも着ていた冬用のジャケットを首元まで閉めて、白い息を吐いて。琥珀色の瞳は暗い空を映して暗褐色に見えた。

「ど、うして……」

「引っ越しの挨拶に来た」

大我くんは私にお菓子の箱を押しつける。何度か行ったことのある吉祥寺のお菓子屋さんのフィナンシェである。パッケージの懐かしさに、現実がぐわっと襲ってきた。

「どうしてここにいるの!?」

思わず叫んでいた。引っ越しとはどういうことだろう。

「斯波総合病院を辞めてきた。橋を渡ったところにある雪ノ原病院に後期研修医として採用してもらって、今週から勤めてる」

すらすらと大我くんは言う。

辞めた？　引っ越した？　採用？

彼は、私を追いかけてここまで来たのだ。

「もう来ないでって言った……大我くんだって」

あれが最後になるはずだった。彼だってそういった態度で帰っていったはず。元気な子を産めって……。

私の震える声を意にも介さず、大我くんはけろっとした顔で答える。

「ああでも言わないとおまえはまた逃げるだろ。付き合いが長いからな。ちづるのやりそうなことはだいたいわかる」

信じられない。あっさり引いたふりをして、追いかけてくる準備をしていたなんて。行動力、執着、愛情。私は彼のすべてを甘く見ていたのかもしれない。

「俺は諦めてない」

大我くんは私に触れようとはしなかった。ただ、鋭い視線をナイフのように突きつける。

「絶対におまえをもう一度振り向かせる。俺の子を産むおまえを、ひとりにはさせない」

「大我くん……」

「どこに逃げても追っていく。おまえが俺を好きだって確信がある限りな」

おののいて言葉も出ない私から視線を外し、大我くんはふうと息をついた。

「告白は終わりだ。雪も降ってるし、暖かくしておけよ。それじゃあ、またな」

「大我くん、東京に戻って！」

帰ろうとするその後ろ姿に叫んでいた。

「和之おじさんも房江おばさんも、きっと心配してる。斯波総合病院の跡継ぎでしょう？　ご両親を困らせないで！　家族を大事にして！」

そうしないと私が彼から離れた意味は何もなくなってしまうのだ。和之おじさんの必死の懇願も無駄になってしまう。

するると、大我くんは首をねじるように振り向き、少しだけ寂しそうに微笑んだ。

「俺はおまえと家族になるつもりだった」

「……それは」

「勝手に気を利かせて突っ走るのはちづるらしいけど、あまり俺の気持ちを無視するな。結構きつい」

大我くんは踵を返し、階段を下りていった。私は何も言えず呆然と立ち尽くしていた。

雪はすでに道路も田んぼも白い絨毯に変えていて、湿度を含んだ凍てついた空気が夕闇に満ちていた。

六　本音を隠しては向き合えない

大我くんのために離れたはずだった。それなのに、私の行動が結果として彼の未来を歪めてしまった。

思い切ったチャレンジができる人なのは知っている。だけど、いきなり実家の病院を辞めて、私を追いかけてくるとは思わなかった。

和之おじさんと房江おばさんはどう思っているだろう。大我くんの行き先すら、もしかすると知らないのではないだろうか。

吉井工場長にこちらから連絡を取った。思った通り、工場長夫妻は大我くんが斯波総合病院を辞めたのを知らなかった。この町に越してきて病院に勤めていると伝えたところ、再び『俺が教えてしまったせいだ』と謝られた。

謝ってほしかったのではなく、もし和之おじさんが大我くんの行方を捜したとき、誰か知っている人がいた方がいいと思っての連絡だった。大我くんが家を出て、私のあとを追ったと考えれば、和之おじさんの足は私の以前の勤め先に向くはずだ。

今ならまだ、大我くんは東京に戻れる。まっとうな道に戻れる。

一方でそれが本当に正しいのかわからなくなっていた。大我くんの言葉と表情がよぎる。

『あまり俺の気持ちを無視するな』

そう言ったときの彼の顔は寂しそうだった。わかっている。大我くんの心の幸せは私といること。私がそうであるように。

だけど、私たちが選ぶ道の下には和之おじさんと房江おばさんの悲しみが横たわっている。房江おばさんは私を認めない。この町に逃げることで、大我くんを斯波総合病院からも奪ってしまった。いっそう溝は深まり、修復の余地もないだろう。

祝福されない関係は悲しい。たとえ彼が私と子どもを家族として選ぶと言っても、ご両親を捨てさせたこと、実家を捨てさせたことを私は一生負い目に感じるのだ。

「お腹、痛い感じがするなぁ」

ひとり、部屋で私は天を仰いでいた。何もすることのない日はよくない。どんどん暗い思考になる。お腹も張ってくるように感じるのは、出産間近だからか、精神的なものなのか。

大我くんが引っ越しの挨拶だとやってきてから二日。すでに病院に勤めているとは聞いていたけれど、忙しいのか彼は姿を現さない。

置いていったフィナンシェにはカードがついていて、現在の住所と携帯の番号があらためて記載されていた。住所は駅前のマンションだ。本当に引っ越してきたのだと住所を見て実感した。

「靖世さんのところに行こう」

夕方にはお邪魔して、ＰＣの更新やマーケットプレイスにアップする作品の写真を撮ろうと思っていた。靖世さんも夕飯を食べていけばいいと言ってくれている。現在は十五時、少し早いけれど行ってみよう。

外は曇り空で、しばらく雪は降らないという予報だ。降り積もって春まで解けない根雪は、まだまだ先らしい。先日降った雪もすぐに解けてしまった。

鞄の仕度をしつつ、万が一陣痛がきてもいいようにと入院バッグも確認しておく。保険証と母子手帳はいつでも持ち歩くようにしている。生まれてもいい時期に入るのは来週からなので、今も少し感じるお腹の張りはまだ陣痛に繋がるものではないのだろうと勝手に考えている。

すると、ドアのチャイムが鳴った。もしかして、と恐る恐る出てみるとやはりそこには大我くんが立っていた。引っ越してきたと現れてから二度目の訪問なのに、まるでいつも訪れているかのように自然な様子で私の顔を窺う。

「どこかに出かけるのか？」

今から着ようと手にコートを持っていたせいだ。大我くんに二年前に買ってもらったダウンコートである。

「何をしに来たの？」

「仕事の帰りに寄った。ちづる、とりあえずスマホでは連絡がつくようにしておけ。俺のＩＤ、ブロックしてるだろ。解除だ、解除」

大我くんは玄関先で腕を組み、偉そうに言い渡す。私はふるふると左右に首を振った。

「解除しません」

「何かあったときに、俺が病院まで運べるようにするんだよ。連絡がつかないと困る。仕事中でなければいつでも車を出す」

「車、買ったの？」

驚いて聞き返すと、当然というようにうなずかれた。

「この地域は車がないと買い物も通勤も不便だからな。あとは、おまえと子どもの急病などを考えて買った」

「そんなふうに気を回さなくていい。東京に戻ってって私は言ってる」

「戻らない」

きっぱりと言いきって、大我くんはにっと笑った。

「おまえが俺を好きな限り、おまえから離れないって言ってるだろ。そろそろ認めて、素直になったらどうだ？」

なんとも傲慢だけど、その笑顔は私の大好きな笑顔。心がぐらっときそうになって、慌てて自分を立て直す。ぐらぐら揺れている場合じゃない。

「大我くんとやり直す気はないです」

ふうと大きく嘆息をして、大我くんは呆れたような顔でこの問答を打ち切った。

「一日二日では口説けないな。……どこかに出かけるなら送るぞ」

「大丈夫。ひとりで行く」

「車が嫌なら、歩きで送る。その辺で転ばれるのはごめんだ」

ダウンを羽織りながら、キッと大我くんを睨んだ。

「お腹が大きくなってきてから、一度だって転んではいません。ご心配なく！」

「ああ、そうか。それは余計なことを言ったな」

大我くんは薄く笑っている。私が怒っていようが困っていようが、離れる前と変わらない態度で接してくる。私の拒絶を本気だと取っていないからだ。

確かに私は彼を嫌いになって別れたわけじゃない。今だってすごく好きだ。だけど、東京から離れなければならないだけの覚悟を持ってここに来た。決断を愛着で覆すわけにはいかない。

どうしたら大我くんは東京に戻ってくれるだろう。私を諦めてくれるだろう。

玄関の鍵を閉め、外に出ると、予告通り大我くんは私の後ろを歩き出した。

アパート前に停められているブルーブラックの国産車が彼の車のようだけれど、それには乗らずに私の横を歩く。

「もう帰って」

「岩名さんの家だろう。すぐそこまでだから、送らせろ」

徒歩数分の距離なので、言い合いをしているうちについてしまうだろう。私は黙って歩いた。隣を歩く大我くん。あの頃よりゆっくりした歩みだ。大我くんはいつも私に歩調を合わせてくれていたのだと今更気づいた。

「雪がたくさん降る町らしいな」

大我くんが厚い雲のかかる空を見上げて言った。

「そうらしいけど、どのくらい積もるかは、まだ見当がつかない」

私もぼそっと答える。

「ちづるは俺がここにいるのが気に入らないんだろ。でも、俺は最低でもあと二年はこの町にいるぞ」

「どうして？」

「年度の途中、外科で採用してくれた雪ノ原病院に恩がある。後期研修はここで勤め上げるつもり。それに地域医療にはずっと興味があった」

そうなのか。医師としての彼の考えを詳しくは聞いたことがない。

「雪ノ原はこのあたりの基幹病院。山を越えてあの病院に通ってくる患者も多くいる。難しい症例や大きな手術はすべてここに集まるし、ドクターヘリも受け入れてる。地域医療の生命線だ。学べることが多い」

大我くんは言葉を切って、ふっと笑った。

「だから、外科医としても今の職場は魅力的なんだよ。二年間、おまえと子どもを口説く時間はたっぷりある」

私はかっと頬が熱くなるのを感じ、彼を睨む。

「私が赤ちゃんを連れて、どこかへいなくなるとは考えないの？」

「この町を選んだのは、吉井工場長や岩名さんとの縁だろ。俺から逃げる目的で、新たな土地を選ぶのにゼロ歳児がいるのはリスクだ。子どもが安定するまでおまえはこの土地を離れないだろうし、その頃にはもっと土地に愛着が湧いていて離れられない」

淡々と言う大我くんの説は当たっていて、言葉に詰まった。彼はにいっと意地悪に口の端を上げた。

「そもそも、どこに行っても逃がさない。また追っていく」

「そんなにストーカー気質だと思わなかった」

「本気で俺を嫌っているなら追わない。だけど、ちづるは俺が好きなままだ。会ってみてよくわかった。だから、絶対に逃がさないって決めたんだよ」

言いきれてしまう大我くんは心に一本芯が通っている。どこまでも強いし、折れない。

私はうつむき唇を噛み締めた。気を抜くと嬉しそうな顔をしてしまいそうだったから。

寒々しい午後に、大我くんに送られてきた私を見て、靖世さんは目を丸くした。

「斯波さんでしたね。上がっていかない？」

「いえ、お構いなく。ちづるを送ってきただけです」

折目正しく頭を下げて、大我くんは玄関を出ていった。アパート前に停めた車で自宅のマンションに帰るのだろう。

「優しいわね。彼は」

私を招き入れながら靖世さんが言うので、私は苦笑いして首を振った。

「強引で、いつだって私の話は聞いてくれないんです」

「論破できる自信がなかったから、ちづるさんは黙って彼の前から去ったのかしら」

靖世さんは嫌味を言ったわけではない。しかし、まさにその通りで答えに窮する。あのときも、今だってそう。大我くんは自分が信じるものを譲らないし、私は押しきれる拒絶の言葉を持っていない。

「力関係は対等でも、絶対に引かない相手の説得は難しいものね」

「私は、どうしても彼からご両親や立場を奪いたくなかったんです。強硬手段を使うしかありませんでした。東京から離れたのはそのためです」

「でも、結果として彼は全部捨てて追いかけてきてしまった」

その通りだ。答えられない私に、靖世さんが微笑んだ。

「彼の強い決意は理解してあげなきゃ」

いまだ私は彼が東京に帰るべきとは思っている。だけど、それは私の一方的な要求だろう。大我くんも私も譲らないと言い張るのではなく、建設的な話し合いをすべきなのだ。

私は大きくなったお腹をそっと撫でる。今は寝ているのか、赤ちゃんの胎動は感じられない。

「もう、逃げてはいけないとわかっています。この子が生まれるまでに、今後について話そうと思います」

「お互いが納得いく落としどころを見つけられるといいわね。でもひとつだけお節介を言わせてね。ちづるさんの本音を隠しては駄目よ」

靖世さんの言葉に私は深くうなずいた。私も生半可な覚悟でここに来たわけじゃないし、彼もまた本気だから私を追ってきた。曖昧な言葉に終始しては駄目だ。

三十七週健診はその日から二日後だった。

よく晴れた日で、雪もないので病院まで散歩していくことにした。午前九時の予約のために、八時二十分に家を出た。

気温は低く、道の端の草むらには霜柱が立っていた。子どもの頃、大我くんと小学校に行くまでの間に霜柱をサクサク踏んで歩いたなと思い出す。見れば、すでにいくつか踏みしだかれた跡があるので、おそらく近くの小学校の子どもたちが踏んづけていったのだろう。

試しに私もスノートレッキングシューズでサクッと踏んでみる。懐かしい感触だ。お腹にいるこの子も、いつか同じことをするのだろうか。小学校に通う息子を想像したけれど、夢の中のように遠い。


健診はいつも時間がかかる。大きな病院なので受診する妊婦も多く、予約していても待つのは仕方のないことかもしれない。一時間ほど文庫本を読んで待ち、呼ばれてからはスムーズだった。

「子宮口が開いてきましたね」

内診のあと医師に言われ、私は思わず身を乗り出した。

「お産、もう始まりそうなんですか？」

「いやいや、それはまだ。お産に向けてゆっくり身体が準備していくんですよ」

五十代くらいの男性医師は前のめりになった私に優しい笑顔を返し、続けて言った。

「このあと、先週もやったノンストレステストをしますからね。赤ちゃんの様子を診ておきましょう」

案内された部屋でお腹にセンサーをつけて赤ちゃんの心拍を確認する。これが四十分ほどかかり、それから助産師さんとの面談に入る。

「子宮口が開いてきたのはあくまでお産が近づいている目安ですからね。急にお産が進む人もいれば、そのまま予定日を超える人もいますよ」

助産師さんの言葉に少しだけがっかりした。お産を不安に思う一方で、十ヵ月近くお腹で育ててきた我が子に早く会いたいとも思う。

「三十七週ですし、そろそろいつお産になってもいいようにしておきましょうね」

「はい。わかりました」

今すぐお産という状況でないのは幸いだと思うべきかもしれない。お産の前に大我くんとは今後について話をしておかなければならないからだ。猶予があるうちに、家に来てもらおう。

意地の張り合いにならないように、お互いのため家族のため、生まれてくる命のために最善の選択をしたい。

診察を終え、会計をしようとロビーへ向かう途中、外科外来の前を通った。午前の診察もそろそろ終わりの時刻だけれど、待合のベンチはまだ混み合っていた。

ベンチに腰かけた年配のご婦人の前に屈み込み、カルテのバインダーを手に会話しているのは大我くんだ。

スクラブを着て白衣を羽織った姿は、斯波総合病院時代にも何度も見ているけれど、今この場で見ると別人のように思えた。あの頃より大我くんはずっと大人びて穏やかな顔をしている。

やがて、先輩医師とおぼしき男性が出てきて、一緒にご婦人を中待合に案内していった。

すぐに大我くんは中待合から出てきた。ちょうど、私と目が合う。目をそらすより先に、大我くんがふっと微笑んだ。それ以上こちらを見ることなく、再び他の患者の前に屈み込み話し始めた。

私は慌ててその場から離れた。廊下の角を曲がってもドキドキという鼓動がはっきりしていた。

病院を終え、靖世さんのところで仕事を手伝って夕方にアパートに帰宅した。食事の準備をしていると大我くんが訪ねてきた。

「様子を見に来た」

そう言って、ずかずかと部屋に上がり込んでくる。手土産なのか押しつけてきたレジ袋の中にはコンビニのシュークリームが入っていた。

「今日は健診だったのか」

「そう。三十七週健診」

「もう少しだな。ああ、外科の看護師がおまえのことを可愛いってさ」

「へ!?」

思わず大きな声で聞き返してしまった。目を剥く私の様子なんて意にも介さず、大我くんは平気な顔で答える。

「婚約者がこの病院の産科にかかっていると、外科で言ってあるんだよ。今日、外来の前で俺を見ていただろ。それを見た看護師が――」

「待って! 婚約者って何!?」

「俺は恋人と駆け落ち同然でこの町にやってきたことになってる」

ぬけぬけととんでもない設定をつけてきた。わなわなと震える私に、大我くんはにいっと笑いかけた。

「ほぼ事実だから問題ないな」

「本当に勝手だね、大我くん」

私は自分の分と合わせてカフェインレスのコーヒーを淹れ、大我くんの前にどかっと置いた。二客しかないお客様用のカップだ。大我くんが使っていたマグは東京を離れたときに、彼宛ての荷物に入れた。

「コーヒーありがとう。座れよ。腹、張るだろ」

「大我くんが帰ったら座る」

頑なにキッチンに立っている私を見て、大我くんはなおも面白そうに笑った。

「ちづるの元気な顔が見られて満足だ。飲んだら帰る」

本当に私の様子を気遣って見に来てくれただけなのだろう。その気持ちは嬉しいけれど、婚約者扱いを周囲にしているという情報に、ため息が出てしまう。

「また来る」

彼が去っていってから、私はようやくスマホを手にした。メッセージアプリのブロックを解除し、ＩＤを入れ直す。大我くんにメッセージを打った。

【次の休み、時間を取ってください。今後のことについて話し合いましょう】

十分ほど経って、【了解】と短くメッセージが返ってきた。

ついさっきまで彼がいたのだから、このタイミングで話せばよかったのに。カップを片付けながら考え、不意打ちで頭がまとまっていなかったのだと自分に言い訳する。

本当はどうなのだろう。

大我くんの顔を見て、私はやっぱり嬉しいと思ってしまう。私はこの曖昧な距離を壊すのが嫌なのだろうか。彼をご両親の元に返さなきゃと考えながら、時間稼ぎみたいに話し合いを遅らせて、潔くない。

それともこれが私の『本音』なのだろうか。

約束は三日後、彼の休みの日だった。昼頃に来てもらう約束をし、私は昼食を作った。じゃがいも、人参、玉ねぎ。あの頃と同じ手順でカレーを作る。刺激物を避けているので、辛口はやめた。そもそも辛口は大我くんの好みで、私が合わせる必要なんかない。念のため、辛さを足せる唐辛子のパウダーを用意しておく。

朝から冷え込むせいかお腹がよく張り、途中何度か座って休んだ。立ち仕事の休憩にと丸椅子を買ったのは正解だと思う。

「カレーの匂いがする」

昼より少し前に大我くんがやってきた。玄関のドアを開けるなりそう言う。

「お昼、カレーなの。食べる?」

「食べる」

大我くんはうなずき、中に入る。閉まるドアの隙間から一瞬空が見えた。雪がちらつき出している。キッチンにいて、窓を見なかったから気づかなかった。

「大我くん、車？　雪道は大丈夫？」

「スタッドレスタイヤにしてある。雪道は慣れないけど、多少積もったくらいなら問題なく運転できる」

雪の降る地域は道路に消雪パイプが通っているし、雪が降った都内よりは運転しやすいかもしれない。もちろん壁のように何メートルも降り積もったら話は違うだろうけれど。

居間に招き入れ、上着を預かった。ローテーブルにカレー皿をどんどんとふたつ向かい合わせで置いた。

「食べよう。辛くしたかったら、自分で調節して」

あの頃と同じテーブルで中辛のカレーを食べる。外は雪。

何度こうしてふたりで食卓を囲んだだろう。あの頃の私たちは、家族の真似事をしていた。本当の家族にいつかなれると信じて。

「初めての夜、雪だったな」

先に食べ終えた大我くんが窓を見やって言った。

「忘れちゃったよ」

「嘘つけ。おまえはそういう細かいことは覚えてるはずだ」

お見通しとばかりに言われ、否定ができない。

ええ、そう。忘れるわけがない。想いを伝え合い、初めて結ばれたとき、この幸せが永遠に続けばいいと思ったのだから。静かな雪の夜に互いの息遣いだけが響いていた。

「覚えていても、もう思い出さないよ」

言葉の決意が彼に届くだろうか。

手早く食べ終え、食器を片付けるとハーブティーを淹れた。靖世さんがくれたノンカフェインのものだ。たぶん、大我くんはこういう味は好きじゃないだろうけれど、カレー同様に付き合ってもらおう。

「話し合いがしたくて呼んだんだろ？」

促してくれたのは大我くんだった。私を見て、皮肉げにも困ったようにも見える表情で笑う。

「赤ん坊が生まれる前に、俺を東京に帰したいってところか」

「察してくれているなら、ありがたいよ。大我くん、あなたと生きていく気はない。

和之おじさんと房江おばさんのところに戻ってほしい。斯波総合病院に戻ってほしい」

私はお腹をさすり、うつむいた。緊張感からか、少し張りが強くなっている感覚がした。

「親父に手切れ金でも渡されて、義理立てしてるのか？　それなら俺が全額返すからいい」

「あのとき、確かにお金は渡されたけど、受け取ってない。別れたのは私の意志だから」

大我くんはハーブティーに口をつけて、嫌そうに顔をしかめた。カップを置いて、様子を窺うようにこちらを見る。

「俺を説得したいなら、ちづるの本当の気持ちを話せよ。取り繕った言葉で、はいそーですかって納得するか？」

私の本音。

それを言えば、大我くんの勝ちだ。だけど彼の言う通り、表面だけの綺麗な言葉だけで理解は得られないだろう。本音を隠しては駄目だと靖世さんにも言われた。

「わかった」

私はうなずき、息を吸い込んだ。

「大我くんを好きな気持ちはあの頃も今も変わりがないよ。だけど、ご両親を蔑ろにする大我くんは嫌い。私からしたら贅沢だよ」

言いながらお腹がぎゅうっと張るのを感じた。負けてはならないと彼の顔をじっと見据える。

「心配して愛してくれる家族がいるのに、平気で背を向けてしまうのは、思いやりがないと思う。そんな人と家族にはなれない。それが今の私の気持ち」

「へえ」

私の強い口調に、大我くんが意地悪く口の端を持ち上げた。

「『天涯孤独の私は可哀想』……ちづるがそういうアピールをするとは思わなかったな」

「な……！　何、その言い方」

「俺の知ってるちづるは、寂しさを隠して生きる強い女だよ。そんなおまえだから、俺が支えたかった。生涯守りたかった」

大我くんは言葉を切った。意地悪な笑顔が消え、真摯な情熱の宿る琥珀色の瞳がそこにあった。

「俺だって、好きで親を切り捨てたわけじゃない。ちづると一緒になりたいと説得し続けてきた。だけどな、俺の好きな女を否定し、さらには別れる画策までして、それを幸せだと言い張る人間をどうして尊重できるんだよ。おまえと親の幸せの押しつけで、俺は大事な息子が生まれてくるのすら知らずにいたんだぞ」

ぎくりと私は固まった。

ああ、やはり大我くんは怒っているのだ。私に対しても、ご両親に対しても、ものすごく怒っているのだ。

私と再会したときに見せた感情は怒りと苛立ちと悲しみ。彼は今も置いていった私を怒り続けているのだ。

「俺の幸せは俺が決める」

大我くんは強い意志の宿る表情で、きっぱりと言いきった。

しばしの沈黙が流れた。私はお腹をさすりうつむく。何よりも彼を傷つけていた事実に今更気づいた。

彼の言う通り、私のしていたことは幸せの押しつけだ。これが一番いいと条件だけ見て決め、いつか彼も納得してくれると期待した。自分の身の上からきた引け目だったけれど、あまりに勝手だった。

「私が間違っていたのかもしれない」

気づいたら頬を涙が伝っていた。

「あのとき、あなたがご両親と病院を捨てるのが嫌で、何も言わずにいなくなった。あなたの気持ちを蔑ろにした。大我くんと私は、もうとっくに家族だったのに」

家族を大事にしてほしいと言う私が、一番家族を大事にしていなかった。

私をずっとひとりにしないでいてくれた人。たったひとりの愛する人。家族であろうとしてくれた大我くんを傷つけた。ごっこ遊びなんかじゃない。大我くんは私の家族だったのに。

にっと口を横に引き、大我くんは目を細めて笑った。

「はは、ざまあみろだ。結局俺はおまえと子どもを追いかけてきて、おまえらの押しつけた幸せを壊してやった。決められた道はいらない。おまえと一緒に生きるのがたったひとつ大事なことなんだよ。いい加減気づけ」

大きな手が私の頬の涙をぬぐう。涙でにじんだ視界には、微笑む大我くん。ずっとその穏やかな笑顔を見たかった。あなたに会いたくて毎晩泣いた夜が、涙に溶けて流れていく。

頬を包む手の優しさを嬉しく感じながらも、私はそれ以上の接近を押しとどめた。

「待って。それでも、勝手に幸せにはなれないよ」

「親父にまだ何か言われてるのか？」

私の母親との関係を大我くんに話していいものだろうか。男女の関係こそなくても、和之おじさんの気持ちを話して、誤解が生まれはしないだろうか。

「母親のことで。和之おじさんには……すごくお世話になったから。………恩がある」

「千寿子おばさんの話なんて、もう何年も前だろ。おまえが気にしなくてもいい。……いや、ちづる、ちょっと待て」

不意に大我くんが立ち上がり、私の横に回り込んできた。お腹に触れて、私の顔色を覗き込む。

「腹、痛いのか？　話しながら、何度も息を詰めてる」

「え……そうかも」

言われてみれば、朝からかなり張っていたお腹が、今は痛いくらいになっている。胎動はあるけれど、昨日より激しくない。

「ときどき、ぎゅーって締まる感じがする」

「張りの持続時間と間隔を測るぞ。三十八週に入ったな？　陣痛がきてもおかしくない」

「嘘、こんなに急に？」

「前駆陣痛なら、そのうち張りも収まる。少し様子を見よう。入院の仕度はしてあるか？」

そう言いながら、大我くんは立ち上がりカップなどを手に台所に行く。洗剤とスポンジを手にするので驚いてしまった。

「え、何もしなくていいよ」

「このまま分娩なら、しばらく部屋には戻れない。片付けておいた方がいいだろ。最低限しか触らないから安心しろ」

そう言って、大我くんは食器を洗い、ガスの元栓や雨戸を確認してくれる。都度都度私にお腹の張りを尋ねるので、私はメモを取りながら陣痛らしき張りの様子を見た。

だんだん張りははっきりした痛みに変化してきた。生理痛に似た痛みと時折お腹を絞られるような痛みを感じる。ツーンと響く感覚もあり、ひどくお腹を壊したときにも似ている。

「前回の痛みから十二分。間隔が狭くなってきたよ」

「痛みの持続時間は十秒くらいか。十分間隔になったら、産婦人科に連絡しろ。俺が車で送る」

悪いよ、と断ろうと思ってやめた。家族なのだ。そう確認したばかり。

私と彼がこの先どうするかは決まっていない。話し合いは中断だ。

だけど、生まれてくる赤ちゃんはまぎれもなく私たちふたりの子。まずはこの子をふたりで迎えなければ。

「ありがとう。お願いしたい」

「ローテーションで産婦人科も回ったけど、さすがに俺に内診されたくないだろ」

「うん。それはちょっと嫌かも」

そう言って笑い合った。痛みは感じるけれどまだ余裕があるし、再会してから一番気安い時間が流れていると感じた。

間もなく張りと痛みは十分より短い間隔になった。産婦人科に連絡を取り、痛みの隙にトイレに向かう。どろっとした血液がナプキンについていて、これがおしるしなのだろうと理解する。

「おしるしみたいな血が出てた」

「そうか。破水もあり得るから、ナプキンつけとけよ。ほら、上着を着ろ」

狭いアパートの階段は手すりにつかまって下りた。それ以外は大我くんが横に付き添い、支えてくれる。私ひとりだったら、痛みと不安で絶対パニックになっていた。お産は怖いけれど、今はそれ以上に安心している。隣に大我くんがいてくれるのだ。車の中で靖世さんに連絡をした。陣痛が始まり、病院に向かっていると伝える。大我くんが一緒であるとも伝えたので、彼女からは『邪魔にならないように、夕方に行く』と連絡がきた。大我くんがいるなら安心だと思ったようだ。

病院はまだ午後の外来がやっている時間で待合には多くの妊婦さんがいた。しかし、陣痛がきている私は優先で内診を受け入院準備となった。

病室はふたり部屋で、私しか患者がいない。陣痛が本格的になるまでここで過ごすのだ。お産用の入院着に着替え、クロッチのついた下着に大きな産褥ナプキンを当て、ベッドに戻るとあらためてモニターをお腹につけられた。

「先生と助産師に挨拶してくる」

外来診療時刻が終わる頃、大我くんは一度病室を出た。大我くんからすればこの病院は現在の勤務先だ。また婚約者だと挨拶をするのだろうけれど、それでいいと思った。彼の信用にも関わる。

陣痛は五分間隔ほどになり、痛みの持続時間は二十秒以上。内診に来てくれた助産師さんいわく、お産は順調に進んでいるそうだ。家を出たときよりずっと強い痛みに、私も今日産むのだと今更ながらに実感が湧いた。

病室に戻ってきた大我くんはスポーツドリンクを飲ませてくれたり、腰をさすってくれたりと本当に優しい。

一回一回の痛みが強くなり、呻き声が出るくらいになった頃、分娩室に移動が決まった。もうかなり痛いのに、これ以上痛くならないと生まれないのかと戦々恐々だ。

「斯波先生は立ち会いでいいんだよね」

助産師さんに尋ねられ、大我くんはいいえ、と短く答えた。

「彼女のバースプランもあるでしょう。俺は外で待っています」

確かに、立ち会いはなしとバースプランには申請している。それは大我くんとこうしてお産を迎えるとは思わなかったからだ。いや、今日まで私は彼とともにお産に挑む気持ちではなかった。

「あの、彼に立ち会ってもらいたいです」

痛みの間にどうにかベッドから下り、私は助産師さんに言った。

「赤ちゃんが生まれる瞬間、一緒にいてほしいです」

大我くんがわずかに目を見開き、それから、ぎゅっと唇を噛み締めたのが見えた。それが喜びを隠す表情だと私だけが知っている。

「わかりました。そうしましょうね」

助産師さんが笑顔で答える。ふたりに支えられ、分娩室に移動した。

痛みはどんどんひどくなっていった。途中からは記憶も曖昧で、何度か痛い痛いと悲鳴をあげたのを覚えている。大我くんが額の汗を拭いてくれ、痛みで涙ぐむ私の頭を撫でてくれた。

十八時二十分、身体から何かが抜け落ちたような感覚がして、次に大きな産声が聞こえた。朦朧とする意識が、その声で覚醒する。

視界に映ったのは、生まれたての男の子。羊水や血液を拭かれて、私の顔の前に近づいた真っ赤な泣き顔は、信じられないほど可愛らしかった。

「おめでとうございます。男の子ですね」

「あ、りがとう、ございます」

声はかすれてしまっていた。強張ってしまった手を分娩台のレバーから外してくれたのは大我くん。彼は感極まった様子で、生まれたばかりの我が子を見ていた。

身体を拭かれ、体重や身長を測られた息子は、すぐに私の顔の横に寝かされた。

「ちっちゃい」

泣きやんだ息子は丸い目で私を見ている。助産師さんに手伝ってもらい、初乳を与える間も、一生懸命私を見つめていた。

「俺そっくりだな」

大我くんが満足そうに言うので、私は笑ってしまった。本当に言い逃れできないくらい、大我くんに似ている。琥珀色にも見える色素の薄い瞳も、独特の髪色も、彼の血を感じた。


出産から二時間後、病室に戻り、ようやく靖世さんと会えた。赤ちゃんの抱っこは退院まで遠慮すると言った彼女は、私を労わって涙をぬぐって帰っていった。

あっという間の面会は、私を気遣ってのようだった。固辞するのを押しきって、大我くんに車で送ってもらった。

「外、雪が積もり出してた」

靖世さんを送って病室に戻ってきた大我くんが言った。私はふにゃふにゃと泣き出した息子を抱っこであやしていた。生まれたばかりなのに、息子はもう泣き方も腕の動かし方も知っている。赤ちゃんってすごいとしみじみ感じる。

「大我くん、ありがとう。本当に色々とありがとう」

「普通だろ、こんなこと」

まだ大我くんは息子を抱っこしていない。はい、と小さな身体を預けると、彼はそうっと慎重に受け取った。泣き声をあげかける息子を優しく揺らし、その顔を覗き込む姿はもう立派な父親のものに見えた。

「ここまで似てる子を産んで、俺の子じゃないっていうのは通用しないな」

「そうだね。私の遺伝子、どこに行っちゃったのかなあ」

思わず笑うと、大我くんが真面目な表情を向けた。

「ちづる、産んでくれてありがとう。この命を守ってくれてありがとう」

その言葉を聞いた途端、涙腺が壊れたように涙があふれてきた。大我くんが私の腕に息子を戻すと、そのまま抱き寄せた。

「東京から離れるとき、この命を諦めた方がおまえは身軽に生きられたはずだ。だけど、大事に守り育ててくれた。立派に産んでくれた。本当にありがとう」

「命を諦めるなんて、考えたこともなかったよ。私と大我くんの子だもの。授かった宝物が、私の生きる理由になったんだ」

言葉を切って、腕の中で彼を見上げる。

「あのね、この子の名前。ずっと考えてきたんだけど」

「ああ」

「守（まもる）っていうのはどうかな。大事なもの全部、守れる人になってほしいから」

名前の話は一度もしなかった。相談するつもりもなかった。だけど、今、彼に聞いてほしい。

大我くんはうなずき、私の耳元でささやいた。

「いい名前だな。俺の息子にしては優しすぎるくらいだけど、賛成だ」

「ありがとう」

息子・守はいつしか眠っていた。私たちの声を子守唄にして、安らかな呼吸で。

七　親としての愛

初産の入院はお産の翌日から六日間と病院で決まっていた。私と守は退院診察を受け、それぞれ退院の許可が下りた。手続きを終え病室に戻ると、迎えの靖世さんが待っていてくれた。

「予定通り退院できてよかったわね」

「はい、おかげさまで」

荷物をまとめているところに、お産でお世話になった助産師さんが顔を出してくれた。

「退院おめでとうございます。身体や赤ちゃんのことで心配ごとがあったらいつでも来てくださいね」

「ありがとうございます。そうさせてもらいます」

「あら？　斯波先生は？　毎日来てたのに、退院のときはいないなんて」

私はその言葉に苦笑いをしつつ答えた。

「勤務についているので」

大我くんはこの六日間、仕事の休憩時間のたびに私と守に会いに来てくれた。同居もしていないし、籍も入っていない私たちは、婚約者という間柄で子どもを迎えた。病院の人たちは私と彼がわけありカップルだと思っているだろう。

「斯波先生って、見た目と中身にギャップがありますよね。外科の後期研修医として挨拶をされたときは、少し冷たいくらいの印象でしたけど、毎日奥さんと赤ちゃんのところにやってくるんだもの。愛情深くて子煩悩な人だったんだねって看護師たちで話してたんですよ」

そんなふうに言われていたとは。私が照れてしまう。

「外科での評判もすごくいいみたいですよ。患者さんにも優しくて説明が丁寧だそうで。専門的な知識も技術もすっかり身についているから、研修医とは思えないくらい頼りになるって医局の看護師が……」

そこに病室のドアが開いた。スクラブに白衣を羽織った大我くんがいる。噂をすればなんとやらだ。

「それじゃあ、雛木さん失礼しますね。斯波先生、奥さんとお子さんの退院おめでとうございます」

助産師さんは、ふふふと微笑みながら病室を出ていった。

「何か言われてたのか？」

訝しげな顔で尋ねる大我くん。言い淀んだ私の代わりに、靖世さんが答えた。

「斯波さんの評判を聞きましたよ。とてもいい先生だって」

大我くんは困った顔をし、ごまかすように咳払いをした。案外彼も外科では愛妻家の様子を冷やかされているのかもしれない。

「ちづる。話があって来た」

気を取り直すように、私に向き直る。なんだろうと見つめ返すと、彼は真剣な口調で言った。

「今夜、迎えに行く。産褥期の間、俺の家で暮らしてほしい」

「大我くんの家で？　この子と？」

驚いて声が上ずってしまった。いきなり同居をしようと言い出すとは。だけど、彼の過保護ぶりならあり得ないことでもない。

「しばらくは買い物も炊事もしなくて済むように、床上げの時期までは、うちで面倒を見させてくれ」

「ネットスーパーを使うつもりだし、靖世さんも手伝ってくれるって言うから……」

お互い気持ちは伝わっている。だけど、はっきりと今後を決めていないうちに同居を始めてしまってはいけないように思う。なし崩しに夫婦になってしまうわけにはいかない。

「岩名さんにはもう相談してある」

大我くんの言葉に、驚いて見やると靖世さんがうなずいた。

「斯波さんの言う通り、しばらく一緒に暮らしてみたらどうかしら。育児だって初めてなんだから、ひとりでは戸惑うことも多いはず」

「でも」

「何より、赤ちゃんが生まれてからの一年は貴重な時間だそうよ。一日一日とすごいスピードで成長をしていく赤ちゃんを両親がそろって見守れたら、それは素晴らしいじゃない」

言われてみればその通りだ。ここで意地を張ることはできるけれど、赤ちゃんが生まれてすぐの尊い時間を私がひとり占めするのは大我くんに悪い。彼はこの子の父親だ。毎日見守りたいに決まっている。

「……わかった。お言葉に甘えてお邪魔します」

「今夜迎えに行くから、準備をしておいてくれ」

大我くんはそう言って病室を出ていった。どこかほっとしたような表情をしていた。

そのあと、靖世さんとタクシーでアパートに帰り着いた。用意しておいた赤ちゃん用の布団に守を寝かせ、靖世さんの用意してくれた食事で、ささやかなお祝いをした。

「斯波さんと色々話しました。ちづるさんと守くんを大事に想っての申し出なのよ」

靖世さんは私のために炊いてくれたお赤飯を茶碗に盛る。私が知っているお赤飯とは違い、大きな赤い豆と薄い醤油味のごはんだ。この地域のお赤飯はこれらしい。

「そのまま、同居を続けるのも視野に入れたらどうかしら」

「靖世さん、それは……。まだ私たち、きちんと話し合っていないんです。実は、話し合いの真っただ中で陣痛がきてしまって」

今思い出しても、陣痛は守が空気を読んだとしか思えないようなタイミングだった。

靖世さんが「あらまあ」と声をあげ、それから言った。

「でも、お産の前に会ったときより、ちづるさんの顔はずっとすっきりしてる。斯波さんもね。ふたりの間のわだかまりは、一緒に暮らすこの期間に解けるかもしれない」

「私と彼だけの問題だったらよかったんですが。結婚は家族の問題でもあるので」

靖世さんは、美味しそうな豚の角煮をお皿に取り分け、穏やかに口を開いた。

「夫に恋をして、雪深いこの土地に嫁ぐと言い張ったとき、私も親には反対されました。故郷と親を捨てて遠い田舎に行くのかって、父は怒ってね。でも、私と夫は絶対に折れなかった。家族が大好きだったから、私が好きになった人がどれほど素敵な人か理解してほしかった。夫も、私の家族に真摯に向かい合い続けてくれた」

当時を懐かしむように微笑んで、靖世さんは続けた。

「最後は兄と母が味方になってくれてね。父は亡くなる最後まで文句を言っていたけれど、心の中では認めてくれていたと思っています。子どもは望んだけれどできなかったし、夫には先立たれてしまった。それでも、私はこの町に来たことを悔いてはいないのよ。ちづるさんの選択がどんなものでも、そこに心があるなら意義のあるものになるでしょう」

靖世さんのこういった話を初めて聞いた。今の私に必要な言葉で、靖世さんはわかって話してくれたのかもしれない。

靖世さんとご主人は真剣に闘ったのだろう。愛する人たちに愛を認めてもらうために、何年も人生をかけて。

「ご主人のこと、大好きでしたか？」

「それはもう。あんなに素敵な人はいないわ。来世でも巡り会って夫婦になるつもりよ」

私もそのくらい大我くんが好きだ。

忘れていた。私の心にある恋の自信。愛の誇り。

それは、誰のためでも歪めてはいけないものだったのではないだろうか。逃げずに闘う。まだ選択肢は残っている。


日も暮れた頃、アパートに大我くんが迎えに来た。病院からの帰りにそのまま寄ったようだった。

「荷物、先に積むぞ」

「うん」

私の腕の中で眠る守の顔を一瞥し、六畳間に用意してあったオムツや布団などをどんどん車にのせていく。コートを着て、守をおくるみに包み家を出た。

車の後部座席にはすでに新生児用のチャイルドシートが取りつけてあった。この子を乗せるのを生まれる前から想定していたのだろう。

「足りないものは言ってくれ。俺が買い足す」

「うん。ありがとう」

守の隣の席に座り、運転席の大我くんに答える。駅前のマンションは、カルチャースクールのある方とは逆サイドだが、車なら五分ほどの距離だ。

「昼と夜は配食サービスを頼んである。当面はそれでどうにかなるだろ」

「助かるよ。大我くんは？」

「仕事が不定期だから、俺の分は頼んでない。自分で調達できるから問題ない」

産後は炊事なども最低限がいいと言われている。私ひとりならともかく、大我くんと住むのに食事を用意してあげられないのは申し訳ないと思っていた。今は大我くんの言葉に甘えた方がよさそうだ。

「俺が作ってやれれば一番いいけどな。まだ研修医の身、まあやることは多い」

「頼りになるって評判だよ」

「一日でも早く外科の戦力になれるよう、やれることは全部やる。そうそう、夜勤もあるし出勤も退勤も日によって違う。食事以外も、俺に世話を焼くなよ」

一度は外科医としてスタートしておきながら、あらためて外科の後期専門研修医になった大我くん。私のこともあるし、色眼鏡で見られることもあるのではないだろうか。

それでも彼はまったく平気そうだ。私の前だからなのか、そもそもメンタルとフィジカルの強度が高いからなのか。

「病院、母子同室だったから感じるんだけど、この子結構夜中に起きるの。一時間おきとかで。昼間の方が寝てるくらいで」

「生後間もない頃はまだリズムが整ってないからな」

「だから、忙しい大我くんの睡眠を邪魔しないかちょっと心配なんだ」

すると、運転席で大我くんが噴き出す声が聞こえた。

「え？　何？」

「いや、ちづるは守と一緒に俺と同じ部屋で眠ってくれるつもりだったんだな、と」

その言葉に私は頬がかあっと熱くなるのを感じた。

本当だ。同居というから、以前半同棲状態で暮らしていた頃を思い出し、当たり前のように同室で眠るつもりでいたのだ。

「あ、あの、勘違い！　それは！」

「安心しろ。おまえと守用に寝室を作ってある。あと守が夜寝ないなら、よく眠る昼間に一緒に寝ておけよ」

「はい……」

先走った勘違いに恥ずかしくなりながら、私は唇を噛み締めうつむいていた。思い込みとは恐ろしい。

　大我くんの住むマンションは、外観と立地こそ知っていたけれど、中に入るのは初めてだった。

　十階の角部屋のドアを開けると、新しい住居の木の香りがする。リビングはコンパクトだけれどとても綺麗で、大きな窓から駅とこの町の中心部が見えた。

「まだ、新しいのね」

「去年の新築だったかな。賃貸で駅前だから、ファミリー向けというより独身者か夫婦世帯向けだろうな。間取りも１ＬＤＫか２ＬＤＫだ」

　この部屋は２ＬＤＫのようだ。それは大我くんがひとりで住むために選んだのではないとすぐにわかる。

　地方都市とはいえ、県内で二番目に大きな町。この規模の駅前マンションなら、それなりの家賃がかかるのではないだろうかと心配になってしまった。

「守が部屋を欲しがる年齢になったり、子どもが増えたら引っ越そう」

「ちょ、待って！　一時的な同居でしょ！」

　慌てた私を、大我くんは面白そうに眺めて答えた。

「いずれは俺の言う通りになる」

「傲慢な言い方……」

ぼそっと言った文句を無視して、大我くんはリビングに面した部屋のドアを開けた。

中はカーペット敷きの部屋で厚いマットレスが二組とシングルの布団が一組。大我くんが運んでくれた赤ちゃん用の布団を合わせると、私と守の寝床が出来上がった。

「リビングにも長座布団やブランケットを用意してある。どこでも好きに使ってくれ」

「何から何までありがとう、大我くん」

私をこの家に招きたいと言ったのは今朝だ。その前から靖世さんに相談し、ひとりでこれらの準備をしてくれていたのだ。

腕の中でまだ眠っている守を見つめ、他にどうお礼をしたらいいかわからない。

大我くんがふっと笑った。

「陣痛の前に話したこと、覚えてるか？」

「うん……」

「ちづるは俺が好きなんだろう？」

その傲慢なまでの表情に、思わず苦笑いしてしまう。

「うん、好き。大好きだよ」

「じゃあ、今のところはそれで満足だ。ちづるにはまだ俺と一緒になれない理由があるんだろうが、そんなのは知らない。俺はおまえがここにいる間に、じっくりおまえを口説くよ」

「本当に、大我くんはいつも自信満々だなあ」

すると、大我くんが私の身体をぐいと腕で引き寄せた。守を抱いているので、腕で突っ張れないままに彼の胸の中に飛び込んでしまう。

「大我くん」

「おまえがこの家に来てくれてよかった。久しぶりに一緒に暮らせる。今、噛み締めてんだよ」

髪にかかる吐息、優しい声音。抗いたくなくて、私はその胸に頬を寄せ目を閉じた。

しかし、腕の中で守が「ふああ」と声をあげたのはちょうどそのタイミング。

「あ、そろそろ授乳かも」

「おう、守にメシをやってくれ」

「大我くんもお腹空いていない？　そこのテーブルに置いたの、靖世さんが作ってくれたお赤飯と煮物と豚の角煮なの。授乳が終わったら用意するから食べよう」

「俺が準備するから、ちづるは守に授乳だ」

大我くんは私から離れ、ダイニングテーブルの包みを開け始めた。

同居初日、私たちは食卓を囲み、別々の寝室で休んだ。夜間何度も授乳で起きたけれど、隣の部屋に大我くんがいるのはほっと心が温まるような安心感だった。


こうして私たちの同居生活は始まった。

大我くんとの暮らしに期待とも不安ともつかない感情があったのは最初だけ。私は初めての育児に忙殺される日々となった。

守はよく泣き、あまり寝ない子のようだった。他の子と比べたわけではないから、あくまで育児書やネットの情報と比べてだけど、睡眠が短く、授乳も頻回だった。まとめてたっぷり寝てくれる日もあれば、泣いては起きるの繰り返しの日もある。

当然、昼夜も問わない。

私は悪露が多く、胸は張って痛く、まだ体調が思わしくない。寝ない我が子をけだるい身体で必死にあやし続けた。

睡眠を取りたいけれど、なかなか取れない。昼夜問わず気絶するように眠ってしまい、守の泣き声で目覚めるのが毎日だった。ふと目を離したら死んでしまうのではないかと小さな命を見つめる私は、緊張感と疲労でいっぱいだった。

幸いだったのは、大我くんと靖世さんの存在だった。大我くんは家事をほぼ完璧にこなしてくれ、守が寝ないときは夜中でも部屋を訪れ、抱っこを代わってくれた。哺乳瓶を受け付けない守に根気強くミルクを与えようと苦心し、私を少しでも休ませようとしてくれる。

彼が手配した配食のおかげで、食事は充分にとれているため、睡眠不足ではあるものの栄養は足りている。

靖世さんは、日中たまに煮物や和菓子を手に様子を見に来てくれる。私と同じく育児経験はないので、最初の頃はふたりそろっててんやわんやだった。

オムツひとつ換えるにも、ふたりで角度やテープの締め具合を確認するので、それはそれでちょっと楽しかった。そして、教室の奥様たちの話などを聞かせてくれ、私の話し相手になってくれた。

ふたりがいなければ、私はこの大変な時期を乗り越えられなかったと思う。育児は想像以上に苦労の連続で、孤独で、途方もないものだったから。

守が生まれて三週間、十二月に入った町はいよいよ冬が本格化してきた。

窓から見える景色は冬枯れ。根雪にはならないものの、雪が降る日が増えた。そうでない日は芯から冷えるような寒さだ。

やはり東京とは寒さの質が違うと感じながらも、住居自体に断熱材がしっかり使われているせいか、室内は暖かく、私が厳しい冬を感じるのはベランダで外の風を浴びるときだけだった。

「寒いから中に入ったら？」

靖世さんがベランダに顔を出す。私は「はあい」と言いながら、なんとなくベランダにいたかった。今日は昼過ぎから少し晴れている。雪が降るかどうかという時期は曇天が多いので、貴重な晴れ間に感じられた。

守は散々ぐずって先ほど眠りについた。私もこの隙に休んでおいた方がいいと思うけれど、冷たい風が心地よくて、澄んだ空をいつまでも眺めていたいと思った。

いつだったか、母と散歩した記憶とだぶる。母はいつもお酒を飲んでいたし、二日酔いや男の人と別れたあとは機嫌が悪かった。

だけど、たまにこんな晴れた日に散歩に連れ出してくれた。住宅街を延々歩いて、疲れたらバスに乗って、ある私鉄駅に向かう。駅前デッキで私に電車を眺めさせ、本人は喫煙所じゃないところで勝手にタバコを一服していた。

なぜあの駅だったのかわからない。徒歩で行くには結構遠く、実際にあの路線を使ったこともない。でも、あの駅から眺める空と夕日は鮮烈に美しかった。

『帰りに大判焼き買って帰ろっかぁ』

母の間延びした声が耳の奥に残っている気がする。不意に古い記憶を思い出すのは私も母親になったからだろうか。

「はい、ちづるさん」

靖世さんが温かな玄米茶を手にベランダにやってきた。私は湯呑を受け取り、ふうふうと息を吹きかける。

「いい天気ね」

「こんなに平和でいいのかなって感じます」

「あら、育児は日々戦争じゃない。たまには平和でもいいでしょう」

育児は確かに戦争なのだけれど、総じて見て、今まで生きてきた中で一番穏やかな時間を過ごしている気もするのだ。世界から逸脱したような変な感覚がする。

「なんでしょうね。しみじみ思います。大事な人たちがいて、守るべき存在がいて、青い空の下でお茶を飲んでいる。私、幸せなんだって」

祖母の言葉がよぎる。私の幸せを望んで亡くなった祖母に、私は何度も『今が一番幸せ』だと心で呼びかけてきた。だけど、『今が一番幸せ』は、どんどん更新されていく。私はまだ幸せを知れるのだと思うと、心が柔らかく緩み、ほっこり温かくなる。

「それ、斯波さんに直接言ってあげたらいいわよ。一緒にいられて幸せって」

靖世さんが微笑み、私も笑う。

「もちろん、彼の存在もですが、靖世さんがいてくれるのも幸せですよ」

「嬉しいことを言ってくれるのね。ありがとう」

玄関の開く音が聞こえた。大我くんが夜勤明けで帰宅してきたのだ。本当はもう少し早く帰れる予定だったけれど、緊急でミーティングが入ったと連絡があった。

「大我くん、おかえりなさい」

長座布団で寝ている守を起こさないように、彼はベランダにやってくる。私と靖世さんが並んでお茶を飲んでいる光景に目を細めた。

「寒いぞ」

「斯波さん、私はもう帰りますよ。お邪魔しました」

「いえ、岩名さん、いつもありがとうございます」

念のため、靖世さんにはこの部屋の鍵を預けてあるそうだ。彼が戻れないとき、私と守に何かあったときのためらしい。

靖世さんを見送ったあとは、さすがに冷えてきたので、ベランダから撤収した。

「よく寝てるな」

大我くんは長座布団で眠る守の横に胡坐をかき、寝顔を見つめている。

「うん。午前中はぐずってたんだけど。疲れたのかな」

大我くんはスマホを取り出し、ソファにいる私に向かって画面を見せてくる。画面には赤い屋根と大きな鳥居の神社が映っていた。

「このあたりでお宮参りに行くならどこか聞いてきた」

「お宮参り……考えてもみなかった」

無事に産むことばかり考えていて、そのあとの行事をほとんど考えていなかった。母親になったのに、こういうところは子どものままだと焦ってしまう。子どもの通過儀礼を私はいくつ知っているだろう。

「寒い時期だしな。無理してやることもないだろ」

「ううん、やりたい。教えてくれてありがとう」

この地域のテレビのCMで見かけたことがある大きな神社だ。申し込みや、着せる服、玉串料はあとでネットで調べてみよう。

ちらりと彼の顔を窺う。

「一緒にお祝いしてくれるの?」

「やるなら、参加する。車を出した方がいいだろうしな」

当然とばかりに言われた。私だって、子どもの行事に彼を参加させないなんて、もう考えられない。

「あと、これ」

大我くんは鞄から手帳サイズの封筒を取り出した。中から出てきたのは小さなフォトブックだ。

開くと、生まれてから今までの守の写真がずらりと並んでいる。私のスマホで撮ったものではなく大我くんが撮ったものだ。中には私が守を抱いている姿も写っている。

「作ってくれたんだ……」

「新生児期は一瞬だ。せっかく写真を撮ったのに、形にしないのはもったいないと思ったんだよ」

「こんなに撮ってたなんて知らなかったなあ」

笑った私を照れくさそうに見て、大我くんはうなずいた。

「まあ、俺も親になったってことだろ。守は可愛い」

少々ひねくれたところのある大我くんが、守に対しては自然に愛着を言葉にする。

赤ちゃんという存在はすごい。彼が我が子に深い愛情を持っているのが嬉しかった。

「大我くん、私幸せだよ」

靖世さんに直接言ってあげてとは言われていたけれど、本当にそのままの言葉で口から飛び出してしまった。

「何を今更」

はにかんで笑う大我くんを愛しく思う。

話すなら今だ。三週間に及ぶ同居生活も私が床上げを迎えれば終わる約束。だけど、大我くんをこの家に残し、私と守が離れていいとはもう思えない。

私はソファに腰かけ直して、大我くんを見つめた。

「ちゃんと話しておきたい。これからのこと」

大我くんが静かにうなずいた。彼もまた、私たちの今後をはっきりさせたいと思っているだろう。

「あらためて言わせてほしい。勝手にあなたを置いて、東京からいなくなったこと、ごめんなさい」

「親父の頼みだったんだろ」

「私と母は、和之おじさんには本当にお世話になった。だから、和之おじさんの頼みを断れなかった。……あのね、房江おばさんとの関係を見つめ直してほしいんだ」

房江おばさんの名前に、大我くんが眉を上げる。それから、ふうと嘆息した。

「母親がちづるを一方的に嫌っている限りは無理だ」

「私、守を授かったときに思ったの。これほど大事な存在を失えない。この子に嫌われたら、どれほど悲しくつらいだろうって」

親になっていっそう思う。私がこの子に抱く思いと同じものを、きっと房江おばさんは大我くんに感じている。そして、同じく親になった大我くんにその気持ちがまるっきりわからないとは思えないのだ。

「房江おばさんは大我くんの幸せを願ってる。それは間違いないと思う。大我くんに拒絶されてつらいはずだし、今だってあなたを捜してると思う。お願い。和之おじさんと房江おばさんと対話を持ち続けて。このまま断絶してしまわないで」

それは、元の家族を失った私の精一杯の願いだ。私は大我くんと家族になりたい。だからこそ、彼に家族を諦めてほしくないのだ。

「それが一緒に生きていく条件か？」

私は深くうなずいた。それから顔を上げ、まっすぐに彼を見つめた。

「私も頑張る。私たちを認めてもらえるように、守を精一杯育てるし、対話の機会を持てるなら逃げずに話をしたい」

　大我くんはしばらく黙っていた。それから、わかったというようにしっかりとうなずいた。

「近いうちに父親に連絡を取ってみる」

「ありがとう！　……それとね、これは一番大事な告白になるんだけど、私も自分の行動に責任を持ちたいと思ってるんだ」

「どういうことだ？」

「結果として、私は大我くんの人生を歪めてしまった。ご両親から引き離し、病院の跡継ぎの座も全部捨てさせてしまった。その責任を取りたい」

　ソファから下り、大我くんの横に膝をつく。その手を両手で取り、固く握った。

「私が大我くんを幸せにする。家族として、どんなことからも守るし、安らげる場所であり続ける。あなたの一生の幸福を約束するし、保証する」

　もう逃げない。この愛は誰にも消せないし、捨てることもできないと痛感した。

　半年前、去ることしかできなかった自信のない私はもういないのだ。大我くんを守り、一生隣にいる。それこそが一番の望みだ。もうぶれたり迷ったりしない。

「私と一生一緒にいてください！」

やっと宣言できた。

愛の結晶を授かり、産み落とし、たくさんの優しさに触れ、ようやく私に向かい合う勇気が戻ってきた。

「大きく出たな」

大我くんがにやっと笑った。

「この町に来たことも、親とのこともすべて俺の選択だ。そして、俺はどんな環境でも必ず成果を残せると自負がある。だけど、ちづるが責任を持って俺を幸せにしてくれるっていうなら、喜んで受けて立つ」

その傲岸なまでの笑顔は強気な彼らしくて、懐かしさと愛しさとで涙がにじんできた。

顔をくしゃくしゃに歪める私を、大我くんが抱き寄せた。

「いいか？ もう離れるな。おまえがいなくなったら、俺は不幸だ。俺を幸せにしたいなら、隣でずっと笑ってろ。守と一緒にな」

「うん、絶対に離れないよ」

答えると、顎を持ち上げられた。

重なった唇。久しぶりのキスはひたすらに優しい。

涙が止まらないから塩辛いキスになってしまうけれど、私も彼も構うことなく何度も唇を重ね合わせた。

「大我くん、愛してる」

「馬鹿、俺もだ」

何度も髪と背を撫でてくれる彼の温かな手に甘えながら、守が起きるまでのわずかな間、私たちは寄り添って過ごした。

もう離れない。私が大我くんを幸せにするのだから。

八　嵐の来訪

年末年始が行き過ぎ、二月。守は生後三ヵ月を迎えた。私たちが家族としてともに暮らし出してからも三ヵ月。

守は順調に成長している。手足の可動域が広がり、首も据わりかけてきた。声も大きくなり、表情もはっきりしてきた。私たちを見て、にこっと笑うのが可愛くて仕方ない。

大我くんは家にいるときは率先して面倒を見てくれる。守のすべてが可愛いようで、気づくとスマホで撮影している。フォトブックはひと月に一冊のペースでできていて、まだまだ増えそうだ。

意地悪で強引で、いつだって俺様な大我くんが、こんなに子煩悩なパパになるなんて誰が想像しただろう。もちろん、守に赤ちゃん言葉で話しかけるわけでもないし、表情がでれでれというわけでもない。

だけど、ぶっきらぼうな愛情は誰より私が知っているので、大我くんが守を溺愛しているのがよく伝わってくるのだ。

私たちはまだ結婚していない。

大我くんは年末に一度だけ和之おじさんに連絡を取った。私の出産の話はしたものの、詳しい居場所は言わなかったそうだ。房江おばさんが動揺して押しかけるかもしれないので、無事であるとだけ伝えてもらうそうだ。

守が生後半年を過ぎ、房江おばさんの精神がもう少し落ち着いたら東京に話をしに行くと伝え、和之おじさんもそれでいいと言ったそうだ。

私たちが同じ籍に入るのはそのあとにしようと思っている。守は私の戸籍に入っていて、大我くんが認知した形だ。守のためには早く結婚した方がいいとは思うけれど、家族の問題を無視してまで急ぐことはないと思う。

私たちには私たちのペースがあり、大我くんと私の気持ちが通じ合っている限り、もう不安はないのだ。

「可愛いねえ。本当に大我くんそっくりだ」

この日、私たちの住むマンションにやってきたのは吉井工場長夫妻だ。靖世さんも一緒である。

「本当に、どこもかしこも似てますよね」

私がうなずき、守を抱っこした奥さんもしげしげと見下ろす。

「大我くんはイケメンだから、守くんも期待できるわねえ」

「俺もそう思います」

大我くんが真顔で答え、夫妻がどっと笑った。

吉井夫妻は工場を休みにして、東京から車で会いに来てくれたのだ。老齢のキヨおばあちゃんはお留守番だけれど、吉井夫妻の息子さんとお孫さんが千葉から来て面倒を見てくれている。

このあとは靖世さんと三人で、県内の温泉に行く予定だそうだ。

「ちづるちゃんと大我くんが、元鞘に収まって、こんなに可愛い息子をふたりで育てているっていうだけで、俺は嬉しくて嬉しくて」

そう言って吉井工場長が目元をぬぐう。大袈裟なのではなく、本当に涙ぐんでいるのだ。

「ちづるちゃん、出産も育児も頑張ってるのね。大我くんと一緒に住んでいると聞いて、私もほっとしたわよ」

奥さんが感慨深そうに言う。ふたりには随分心配をかけたと思う。私はうなずき、あらためて頭を下げた。

「おふたりには本当にお世話になりました。この町に来てからは靖世さんにもお世話になりっぱなしです。おかげ様で、今とても楽しく暮らしています」

「ちづるさんは聡明(そうめい)な人で、あれこれ手伝ってくれるから私も助かってるわ。育児も、ちづるさんがいたから経験できたのよ」

靖世さんがさりげない口調で、優しい言葉をくれる。

「来週から守くん連れでお教室の手伝いに戻ってもらうの。生徒さんたちも楽しみにしてるわ」

「守ちゃん連れで、ちづるちゃんは働けるのかい？」

吉井工場長に尋ねられ、私はうなずいた。

「お教室は準備と片付けも合わせて二時間ちょっとですから。当分は育児中心で働きには出ないつもりなので、靖世さんから請け負うお仕事は私も張り合いになって助かります」

「保育園に預けたり、ちづるが働きに出るのは、結婚してからにします。事実婚の状態でも問題はないでしょうが、いずれ結婚する予定なので、苗字の変更はちづるにも守にも大きな問題になります。色眼鏡で見られないよう、立場ははっきりさせてからにしたいんです」

大我くんの意思表示に吉井工場長夫妻はうなずいた。

「そうかそうか。すごくいいと思うよ。……実は年明けに、斯波院長先生がうちにお見えになってさ。ちづるちゃんと大我くんについてお礼を言って帰られたんだよ」

初耳だ。想像した通り、和之おじさんは、私と大我くんの手がかりが吉井電子にあると考えたのだ。

「ふたりの住まいは言ってない。だけど、俺の身内がいる土地で仲良く暮らしてるから、何かあったら連絡するって言っておいたよ」

「ありがとうございます」

「お世話をかけてすみません」

私と大我くんが頭を下げると、奥さんの腕の中にいた守がふああと声をあげた。そろそろ授乳の時間だ。

「さて、俺たちはお暇するよ。また生後半年を過ぎた頃に遊びに来させてくれよ」

「ありがとうございました。私たちもいずれは東京に行く予定です。そのときにはキヨおばあちゃんや吉井電子のみなさんにも会いたいです」

三人はそろって温泉に出かけていった。今夜は雪見酒で兄妹会だそうだ。私は兄弟がいないので、吉井工場長と靖世さんの仲のよさはいいなあと思う。

守は授乳を済ませても足りなそうにしていて、追加でミルクもあげるとぐっすりと眠ってしまった。お客様が来ている間中、興味津々の表情で目をきょろきょろ動かしていた守。くたびれてしまったのだろう。

可愛い寝顔を眺めながら、大我くんとお茶を飲む。昼食は大我くんが親子丼を作ってくれる約束なので、私は何もしなくていいらしい。

「吉井工場長と奥さんに守を見せられてよかったなあ」

「本当の孫みたいな喜びようだったな。あの人たち、孫いるだろ」

「孫は何人いてもいいんじゃないかな。そのくらい喜んでもらえて、私も嬉しいよ」

お土産のマドレーヌを開けてお皿に出す。大我くんの視線がマドレーヌではなく、吉井工場長の持ってきた別の包みに行っていることに気づいた。

「あの出産祝い……」

「ああ、前田さんからのね。スタイと帽子だって聞いてるけど、開けてみよう」

東京を離れるときに前田さんにはメッセージアプリで簡単に事情を話した。

大我くんを直接知らない彼にならら話しても問題なかったし、愛犬のチイちゃんの写真を送ってもらいながら吉井電子の退職や引っ越しについて言わないのは、よくないと思ったのだ。

「わあ、可愛い。もう少しあったかくなったら、このキャップかぶせてお散歩に行きたいな」

赤ちゃん向けの柔らかい綿素材だけど、デザインはスポーツキャップ。スタイはブルーとグレーのストライプでおしゃれだ。どちらもキッズから大人までラインのあるブランドのもの。

絶対にこれは元奥さんのセンスだなあと、思わずにまにましてしまう。

「まあ、見合いしてちづるが振った相手だから、俺はとやかく言わないが……」

大我くんがふーっと長く息をつく。

「相手はまだおまえに気があるかもしれないっていうのを忘れるなよ」

じろりと睨まれ、私は一瞬ぴたっと止まる。それから思わず噴き出してしまった。

「前田さんが？　ないないないない」

「その馬鹿にした笑い方、むかつくな。なんでそう言いきれるんだよ」

凶悪な怒りの微笑をたたえる大我くん。馬鹿にしたつもりは一切ないのだけれど、私も慣れたものなので、笑顔のまま答えた。

「昔も言ったかもしれないけど、前田さん、元奥さんひと筋なんだよ。最近、元奥さんが近くに引っ越してきてくれたんだって。犬のチイちゃんのためだって言ってるらしいけど、たまに一緒に食事してるみたい」

前田さんにとって私は唯一の恋バナ相手で、進展があると教えてくれるのだ。

「だから、このプレゼントは本当にただのお祝いだよ。前田さんが再婚したときは、私からもお祝いを贈るつもりなんだ」

「ふうん」

大我くんはぶすっとしたまま、それでも納得したようにうなずいた。私はその顔を下から覗き込む。

「嫉妬する大我くん、可愛い」

「何が可愛いだ」

からかったら逆襲された。ソファに押し倒され、激しくキスされる。守が眠っているとはいえ、あまりに突然のキスに私はじたばた暴れて酸素を求めた。

「もう！　苦しいよ！」

束の間キスから解放され、押し倒された格好で文句を言う。大我くんは濡れた口元を妖しい微笑みに変え、いかにも意地悪に見下ろすのだ。

「生意気な口をふさいだだけだ」

それからその唇は私の首筋に押し当てられる。ちゅ、ちゅ、と何度もリップ音をたてて、唇が降ってきて、私は知らずびくびく身体を揺らしていた。脚がもじもじと動いてしまう。

「た、大我くん……」

「守も寝てることだしな。俺の重たい愛を教え込むにはちょうどいい」

「昼間だよ！　まだ午前中！」

「明るいところでするのも嫌いじゃないくせに」

「ばかばかばか！」

文句を言って胸をぽこぽこ叩いたけれど、私の劣勢は覆せるはずもない。守が眠りについているわずかな時間で、すっかり甘くとろけさせられてしまったのだった。


翌日、夜になってから吉井工場長から電話があった。大我くんがまだ帰らないので、私は守を抱いてゆらゆらとあやしているところだった。旅行を終え、東京に帰着した頃だろうと電話に出ると、焦った声が聞こえた。

『ちづるちゃん、ちょっと申し訳ないことになった』

「どうしたんですか？」

『俺たちが留守の間に、うちに千寿子さんが来たらしいんだ』

母の名前にどきんとした。祖母が亡くなって以来、顔も見ていないし連絡も取り合っていない母が、今更どうして練馬に現れたのだろう。

『実家のアパートが引き払われていたから、うちに来たらしい。タイミング悪く、うちのばあちゃんが応対して、ちづるちゃんからきた年賀状を見せちまったらしいんだよ』

母は私が吉井電子で働いていたことも知らないはずだ。祖母の元職場であり、ご近所だから訪ねていったに違いない。

キヨおばあちゃんは私が新潟のこの町で出産したことは知っている。年賀状には出産を終えたとは書いたけれど、守の写真も名前もないし父親が大我くんであるというのも記していない。だけど、この家の住所は載っているのだ。

『あの人、金がなくなるたびに鶴子さんに無心に来ていただろ。大方、鶴子さんの遺産を使い果たして、ちづるちゃんにたかりに来たんじゃないかと思うんだ。うちのばあちゃんに悪気はなかったんだけど、タイミング悪く、留守番の息子と孫娘も買い物に出かけていて……。とにかく本当にすまない！』

「吉井工場長、どうか気に病まないでください。さすがの母も、新幹線に乗ってここまでは来ませんよ」

まるで自分に言い聞かせるような言葉になってしまった。腕の中で守が「あー」と無邪気な声をあげる。

『いや、ちづるちゃんの生活がおびやかされたら俺たちの責任だよ。ひとまず靖世には連絡するから、場合によってはしばらく靖世の家に避難してもいいかもしれない』

「大丈夫だとは思いますが……」

『いいかい。絶対に大我くんのいないときに会ったらいけないよ。そして、お金は何があっても出しちゃ駄目だ』

吉井工場長との電話を切って、私は守を見下ろした。

工場長の心配が大袈裟なものだったらいい。母は私に興味がなかったし、金の無心が目的なら交通費をかけてこの町に来るとは思えない。

靖世さんからはすぐに連絡があり、母が現れる前に家に来てはどうかと提案された。様子を見る、と断ったところで大我くんが帰ってきた。

「千寿子おばさんが？」

事情を話すと、大我くんは怪訝そうに眉をひそめた。

「吉井工場長の言う通り、一時的に岩名さんのところに身を寄せるのもありかもしれないな」

「そこまでしなくてもいいかと思うんだけど」

「絶対にここに来ないとは言いきれない。悪いが千寿子おばさんに金銭的な信用は置けないぞ。おまえから借金できればチャラだと、交通費をかけてこの土地まで来る可能性がある」

大我くんは言葉を切って私を見つめる。

「それにおまえは甘い……」

「お母さんに対して？　もう何年も会ってない人だし、情も何もないよ」

「いや……、ともかく接触しないのが一番いい」

そう言って、大我くんは私の腕から守を抱き上げた。守の無邪気な顔を見つめていると、言い知れぬ不安を覚えた。

私が大事にできるものは限られている。優先順位を間違えたりしないつもりだ。

さらに翌日、大我くんは夜勤の予定があり、昼頃に出勤していった。入れ違いに靖世さんが来てくれたのは、大我くんが頼んでいたかららしい。

みんな大袈裟だとは思う。母は私を頼りはしないだろう。だいたいどの面下げて捨てた娘に会いに来るというのだ。

練馬の実家で会えず、遠方で子どもを産んだと知れば、いちいち会いには来ないだろう。母は本当に私のことなどどうでもいい人だったのだから。

靖世さんと守と三人で過ごしていると、十六時頃にマンションのドアチャイムが鳴った。下のエントランスに来客だ。

カメラを繋いでぎくりとした。そこにいるのはまぎれもなく母の千寿子だったからだ。

あの頃よりも明るい髪色とレオパード柄のコートが、カメラの暗い画像でもはっきり見て取れる。

私がたじろいでいる様子を見て、靖世さんが代わりにインターホンに出た。

「はい」

『雛木といいます。そちらに娘のちづるがいると聞いてるんですが』

ぶっきらぼうな母の声が響いた。靖世さんがこちらをちらっと見る。うなずいて私はマイクに向かって話しかけた。

「ちづるです。何か用ですか」

『あー、ちづる？　遊びに来たわよ。入れて。寒いったらないわね。この町は』

遊びに来た。それはあまりに不調和な言葉だった。

私を捨てて消え、祖母の葬儀にも参列せず、何年も音信不通だった母。いきなり私の新居を探し当ててやってきて、どうして頻繁に来ているかのような口調になるのだろう。

「すみませんが、夫の家なので勝手に入れられません。子どももいますので、外にも出られません」

『はあ？　外は大雪よ？　お母さんに凍え死ねって言うの？』

「お引き取りください」

『泊まるところだってアテにしてきたのにひどいじゃない。ねえ、あんたの子は私の孫よ？　孫の顔も見せない気？』

甲高い声で強気な口調の母に、私は唇を噛み締めた。

靖世さんが私の肩をぽんと叩き、代わりに答えた。

「お部屋には上げられませんが、下で少しお話ししましょうか」

『あんた誰よ。ちづるのお姑さん？』

「そのようなものです」

インターホンを切ると、靖世さんは真剣な顔で私を見る。

「顔だけ見せて帰ってもらいましょう。騒ぐようなら警察を呼ぶことも視野に入れます」

「靖世さんを巻き込めません」

「あなたにとって、あの方はお母さんでしょう。私みたいな他人が間に入った方が話しやすいわよ」

一応大我くんにメッセージを送り、守に中綿のしっかり入ったカバーオールを着せ、私たちもコートを着て一階のエントランスに向かう。

エントランスにはエアコンがないが、話すならここだ。外は一メートル五十センチほどの積雪があり、今も雪がちらついている。相対するには向かない。

エレベーターを降り、エントランスの自動ドアを通るとそこには十年近く会っていなかった母がいた。

黄色っぽい茶色に脱色した髪、派手な化粧。コートの下は柄のシャツに膝丈のタイトスカート、黒のロングブーツを履いている。あの頃と雰囲気は変わらないものの、やせこけた顔には年齢を感じさせた。

「ちづる！」

私の姿を見るなり、母が大声をあげた。そして、驚くことに駆け寄ってきて、私を守ごと抱きしめたのだ。

「大きくなって！　赤ちゃんも産んだって？　まあまあ！」

芝居がかった母の声が身体に響いた。

私は守を抱いたまま身をよじり、抱擁から抜け出ると数歩下がった。どう考えても、突飛な行動にしか思えなかった。睨むように母を見据え、尋ねる。

「なんのご用ですか？」

「実家を勝手に引き払っていなくなっちゃうんだもの。母親が娘に会いたくて捜したのがそんなにおかしいの？　吉井電子のおばあちゃんが教えてくれなかったら、こんな雪まみれの町にいるなんて想像もしなかったわよ。この町の人と結婚したの？」

「お母さんには関係ないです。今更母親ぶられても困ります。何かご用があるなら、言ってください」

「そんな冷たいことを言わないで。今夜は久しぶりに親子水入らずで話をしましょうよ」

母がへらへらとした笑みを浮かべ、そんな提案をしてくる。靖世さんが静かな声で口を挟んだ。

「ちづるさんは困っています。お引き取りいただけませんか？」

「お姑さんだっけ？　お姑さんにも邪魔されたくないんだけど」

「私はちづるさんの雇用主で、友人です」

「はァ？　雇用主？　雇用主だったら、ちづるに母親を大事にしろって言ってくださいよ」

そう言って母は馬鹿にしたような笑い声をあげた。靖世さんを軽んじているのがわかるし、私を丸め込もうとしているのが伝わってくる。

どうしよう。どうやって追い返せばいいだろう。

そこにエントランスのドアが開いた。

「ちづる、岩名さん」

現れたのは大我くんだ。私服姿だけど、おそらく仕事を抜けてきたのだ。

大我くんは私たちを背に、母と対峙する。

「……もしかして、斯波さんのところの大我くん？　やだ、ちづるの相手って大我くんなの？　和之さんの子どもの」

「そうです。だから、俺はあなたがちづるを置いていった日のことも覚えています」

大我くんが厳しい目を母に向ける。挨拶も長話もする気はないという態度だ。

「あなたにちづるの母親ヅラはさせない」

「言うようになったわねえ。でも、相手が斯波総合病院の息子っていうのは安心したわ」

　母はせせら笑うように答えた。

「ねえ、大我くん、今夜あなたたちの家に泊めてちょうだい。ホテル代がもったいないから」

「お母さん！」

「何よ。夫の家だから勝手に通せないって言ったのはちづるでしょ。大我くん本人に許可取ってるだけじゃない」

　まったくわかっていない……というより、話を聞く姿勢すらない母に、言葉を失ってしまった。こちらの気持ちなど無視で、どこまでも我儘を通すつもりらしい。

　そういう人だとは知っていたけれど、やはり何年経っても変わらないのだと深い落胆と虚しさが心を埋めた。

「雛木さん、私がすぐそこのビジネスホテルを手配しますので、今日はそちらへどうぞ。ちづるさんと斯波さんと話すにしても、日をあらためた方がいいでしょう」

　靖世さんは臆することなく提案し、それから私を見ていたずらっぽく微笑んだ。

「六十歳以上に配布される地域商品券を使うから、私の懐は痛まないわよ。安心して」

おそらくは私たちの家計からお金を出させまいとしているのだ。母を調子づかせないために。

母はしらけたようなため息をつき、私たち全員に視線をめぐらす。それから、低く言った。

「ちづる、また明日来るわよ」

「俺が昼頃戻りますので、午後にいらしてください」

大我くんがきっぱり言いきった。

靖世さんが母を伴ってエントランスを出ていったあと、大我くんが私に向き直った。

「ちづる、そういうことだ。おまえはひとりであの人と話すな」

「わかった。……大我くん、お仕事中にごめん」

「休憩中だったから大丈夫だ。何かあったら遠慮せずすぐに呼んでくれ。悪いが話が通じる人だとは思えない。おまえには毒みたいなものだ」

大我くんはそう言って心配そうに曇った表情のまま、病院に戻っていった。

私は守を抱きしめ、部屋に戻った。

母の声も顔も年齢相応に老化していた。性格も相変わらずひどい我儘だと、客観的に見られた。だけど、抱きしめられたときの感触と匂いには動揺した。

母だった。大好きなお母さんの匂いと感触がした。

私の脳はまだ母を覚えているのだ。幼い頃のわずかな記憶とともに。

靖世さんから連絡があり、母が駅前のホテルに入ったと告げられた。今夜母が会いに行かないように家に来ないかと言われ、おとなしくタクシーで靖世さんの家に向かう。

守は場所見知りをするので、あまり寝ないのではと心配だったけれど、靖世さんにたくさん抱っこをしてもらって満足したのかぐっすりと眠ってくれた。

靖世さんは『ちづるさんがつらいなら明日も会わなくていいと思う』と言ってくれた。自分と大我くんで間に入って話をする、と。

しかし、母は納得するまで押しかけるだろう。それなら、大我くん立ち会いのもと、私自身がはっきりと拒絶した方がいいのだ。

翌日、午前中に守とふたりでマンションに戻った。驚いたのはエントランスにすでに母がいたことだ。

「お母さん……」

「おはよう。本当に雪ばっかりで寒いところね。こんな町に住むなんて信じられない」

私を見て、当然と言わんばかりに告げる。

「部屋に入れてちょうだい。私もあんたたち夫婦と話したいことがあるし」

どちらにせよ、部屋には入れるつもりだった。このエントランスで大我くんが戻るまで待っていては、私たちはともかく守が凍えてしまうだろう。

部屋に通すと母は「へー」と感嘆の声をあげた。

「田舎だけど、いい部屋ねえ。こんなところもあるんだ」

「お母さんが思うより住みやすいよ。この町は」

守のオムツを替えている私を後目に、母はバッグをどさりとソファに置き、じろじろと部屋を見て回る。

「二部屋あるのね。ひとつは私が住んでも問題ないわね」

恐ろしいことを言い出した。確かに今は同じ寝室で三人で眠っていて、ひと部屋は空いているけれど、そこに住むだなんて。それが母の本題なのだとわかった。

大我くんは話し合うなと言っていたけれど、私の母親だ。大我くんが来る前に、無理なものは無理だと言っておかなければ。

「お母さん、突然どういうつもり？　私たちと同居したいの？」

「長く付き合ってる男がいたんだけどね。そいつが親の介護だとかで鹿児島に戻るんだって。私も嫁としてついてきてほしいなんてクソみたいなこと言うからさ、介護要員じゃないって家を出てきたのよ」

　思い出して忌々しそうに言い、それから母は豪快に笑い声をあげた。

「『きみは他に行くところがないだろう』って、馬鹿にすんじゃないわよねえ」

「だから、実家に戻ろうとしたのね」

「あんたが勝手にアパートを引き払ったせいで行き場がなくなっちゃったわ。責任感じない？」

　目を細めて、偉そうに言う母。私はオムツ替えを終え、守を抱き上げ首を振った。

「感じない。お母さんとは縁を切ったものと思って生きてきたから」

「たったひとりの家族なのに？」

「私の今の家族は大我くんとこの子」

　そう宣言しながら、ぎくりとした。両親を大事にしてほしいと大我くんに願った自分がよぎったのだ。

　私はここで母を切り捨てていいのだろうか。少なくとも母は今、住む場所すらない。

それなのに見捨てて放り出していいのだろうか。

「ねえ、その子、抱っこさせて」

母が腕を差し出してきた。一瞬迷ったが、母にとっては孫だ。仕方なく守を母の手に預ける。

母は私が素直に守を差し出すとは思っていなかったようで、驚いた顔をし、それから腕の中の守を数度揺らした。あどけない顔をじっと見つめている。

「名前は？」

「守」

「あんたに似てる」

母はしげしげと守を見て呟いた。その表情はどこか呆けていて、今までの人を小馬鹿にしたような様子ではない。

「私にはあまり似てない。大我くんに似てる」

「あんたにも似てるよ。唇の形と指の形。……そうか、ちづるがお母さんか」

どこかぼんやりとして戸惑っているような母の顔に、私が困惑した。そしてその横顔を見て思ってしまった。

私が赤ん坊の頃も、この人はこうして抱いたのだろうか。不安そうに、だけど少し幸福そうに、大事に腕の中に包んでくれたのだろうか。

「もういいでしょう」

思わず奪うように守を取り返していた。母はあっさりと守を離し、少しの間ぬくもりを思い出すように自分の手を見ていた。

「お母さん、一緒に住むことはできないよ。帰って」

「じゃあ、少しお金をちょうだい。おばあちゃんの遺産、まだあるんでしょ」

母はけろっと元の厚かましい表情に戻って言った。

「あの人のことだもの。娘じゃなくて、孫に多く財産を遺したに決まってる」

実際、祖母は私にだけ託したお金がある。そのおかげで私は半年もこの町にひとりで暮らせたのだ。だけど、祖母からは絶対に母には渡すなと言われている。

「帰って。お金は渡せない」

「ケチなこと言うんじゃないわよ。あんたはいいでしょ。大我くんを上手にたらし込んだんだもの。お金にはこれからも困らないじゃない。……ああ、でも斯波総合病院を離れたってことは、あんたたちもしかして結婚を反対されたの?」

母が嘲笑めいた笑みを浮かべた。

思わず私は奥歯を噛み締めた。

誰のせいでそうなったと思っているの？　お母さんの素行が、反対の原因のひとつじゃない。

口に出しかけた言葉を呑み込む。

「ちづる。お母さんを助けてよ。親子でしょ？　少しお金を渡してくれたら帰ってあげる」

「このお金は守のために使うお金です」

「あんたを産んだのは誰？」

「産んだけど、育ててはくれなかった」

吐き出した言葉は思いのほか苦々しく震えていた。私は母を恨んでいたのだ。今更それがはっきりわかった。

「お母さんを支えられない。もう会いに来ないで」

そのとき、ドアが開く音がした。玄関の靴を見たのだろう。足音をたてて入ってきたのは大我くんだ。

「ちづる……あれほど……！」

「もう話は終わったからいいの！」

私はそう言って、守を抱いたまま母に背を向けた。

大我くんが嘆息し、それから母に向かっての言葉が聞こえた。

「千寿子おばさん、ちづるも俺も息子も、今後一切あなたと関わるつもりはありません。生活に困ってもアテにはしないでいただきたい」

「手切れ金でもくれればもう来ないわよ」

「そんなものを払えば、またのこのこやってくるでしょう。俺はちづるとこの子の生活のために、あなたを追い返すんです。何も与えずにね」

大我くんもまた引く気がないというのが、母にはよくわかったようだ。長いため息が聞こえた。

それから舌打ちと足音が聞こえた。

「あーあ、役にも立たない娘なんか産むんじゃなかった」

捨て台詞を吐いて、母はマンションを出ていった。静かになった部屋には守の可愛い声が響いている。

嵐が去った。そんな気持ちだ。

ふと、守の頬に水滴が落ちていると気づいた。

「ちづる」

歩み寄ってきた大我くんが私を抱き寄せた。私は自分が大粒の涙をこぼしているとようやく知った。

　喉の奥が苦しい。目の中が痛い。胸が重い。

「おかしいね、あんな人の言葉で泣くなんて」

「気にしなくていい。俺がいる」

「私、やっぱりいらない子どもだったんだなあ」

　言葉にするとどうしようもなく泣けてきた。

　母はずっと自由に生きてきた。お酒と異性に溺れ、だらしない生活をしてきた。だけど、幼い私は母に好かれたかった。愛されたくて、必死で、母が消えてしまったときは私のせいだと思った。

　あんな母親なのに、それでも私は母が恋しかった。母に愛されて生まれたと信じたかった。

　大人になってもなお、心の中の幼い私は母の愛を求めていたのだ。

「俺にはちづるが必要だ。俺と守がちづるをずっと必要だって言い続ける。泣くな」

「うん、ありがとう」

　大我くんの腕の中で、私は泣き続けた。守が大きな丸い目でじっと私を見つめていた。

九　家族はひとつじゃない

母の一件は、私にそれなりの傷を残しはしたものの、ある種の諦めを呼び起こした。どのみち、ともに歩む道などはなかった人だ。こういった形でも決別ができたのはよかったと思った方がいい。

お互いのためにも、もう道が重ならないように暮らしていこう。

重たい気持ちを吹き飛ばしてくれたのは日々の忙しさだった。守の育児だけであっという間に一日が過ぎていく。オムツを替えて授乳をして散歩をしてお風呂に入れて、また授乳をして……。

そして守自身もめまぐるしく変化していく。表情はどんどん豊かになり、ガラガラや小さなボールなどを持てるようになった。うつ伏せにすると少し頭を持ち上げる。首はかなりしっかりしてきたと感じる。

お喋りも上手で、ご機嫌なときはひとりでずっと「あーうあーう」と声をあげている。愛しい体温を感じていると、ただひたすらに幸福だった。

大我くんもまた、私に寂しい思いをさせまいと常よりずっと優しく寄り添っていてくれる。彼は私が失ったものすべてになってくれるつもりなのだ。その覚悟がわかるから、彼の前で寂しい顔をしたくないとも思った。

靖世さんや吉井工場長夫妻にもこれ以上心配をかけたくないし、私は今できることを精一杯しようと思う。

「ちづる、そろそろオムツや衣料品の買い出しが必要じゃないか？」

その晩、大我くんに言われた。

「うん、オムツとおしり拭きはかさばるからネットで買おうか悩んでたんだ。あと、肌着とロンパースとガーゼハンカチを買い足したいから、買い出しに出てくれるならありがたいかな」

「わかった。明日休みだから車を出す。ショッピングモールに行こう」

「あそこね。去年の夏、一度だけ靖世さんとバスで行ったことがあるよ。映画館もあったなあ」

東京都内ではなかなかお目にかかれないサイズのショッピングモールは高速道路の近くにあり、市街地からは少し離れているのだ。大我くんが車を出してくれるなら守連れで行けるだろう。

「ありがとう。私ひとりだと雪道の運転はまだ怖いから助かるよ」

大我くんはこの町の雪道にもすっかり慣れたようで、通勤にも買い物にも車を使っている。

「俺も大雪のときは自信がないな。年末に一度すごく降っただろ」

「あれは驚いたよね。降るとは聞いていたけど、まるで雪の檻に入れられちゃったみたいだった」

年末に大雪が降ったときは、バスもスタックして止まってしまうくらいで、大我くんは歩いて二時間近くかけて病院まで行ったのだ。

「地元の人でも立ち往生しちゃうくらいだったって言うし、仕方ないよね」

「冬が厳しい土地なんだな。住んでみると実感するよ」

だけど、守を抱いてベランダから見た世界は真っ白で、恐ろしくも美しかった。この土地で初めての冬、母親になって初めての冬。すべてが思い出として忘れられないだろう。

「最近はそれほど降っていないし、買い出しするショッピングモールは駐車場の除雪もされてるから、安心だな」

「うん。……ねえ、大我くん、ゆくゆくは東京に戻りたい？」

大我くんはきょとんとして、それから少し考えるように上を向いた。

「二年はここにいるつもりだと前に言ったよな。そのあとか。俺は、割とこの土地が好きだ。守を育てるにもいい環境だと思う。俺とちづるの故郷は東京だけど、守にとっての故郷はここでもいい」

それは私の中にもあった気持ちだった。

「そっか。斯波総合病院のこともあるから、和之おじさんたちと話してからだね」

「今年中に親と話し合える機会を作るつもりだ。少し待っていてくれ」

大我くんがこの土地を好きだと思っていることが嬉しかった。私にとっても知らない町だったけれど、一年近く暮らし、四季を見てここで子どもを産んだ。大事な人たちもいる。今はかけがえのない場所に思える。

「ねえ、明日、ランチして帰ろうか」

「ああ。守の授乳のタイミングを見計らえば、外食ができるかもな。何が食べたい？」

「何にしよう。ネットで調べておくね」

久しぶりの買い物と外食にわくわくしながら、夜は更けていった。

翌日は午前中から、大我くんと守とショッピングモールに出かけた。守は首が完全に据わったため、抱っこ紐のインサートを外し縦抱きで運ぶ。

子ども用品を買い込み、一度車に荷物を置きに行った。それから授乳室に立ち寄り、準備万端で目当てのレストランへ。出産以来外食をしていなかったので、すごく新鮮な気持ちになる。

授乳後、守が抱っこ紐の中で眠ってしまったので、ゆっくり食べることができたのも運がよかった。

たぶん毎回こうはいかないのだろうけれど、子どもと一緒にできることは増やしていってもいいと思えた。育児は長いのだから、夫婦で工夫していきたいものだ。

食後は久しぶりに私と大我くんの衣服も見て、最後に併設のスーパーで買い物をして帰路に就いた。

「大満足の一日だった」

「疲れたんじゃないか?」

「うん、雪に降りこめられてから近場までしか歩いてないから、久しぶりにたくさん歩いたって感じ。足が痛いよ」

「明日は筋肉痛だな」

スーパーでは起きていた守だけれど、車に揺られているうちにまた眠ってしまった。

今日は彼も刺激が多かったから、興奮して夜は寝てくれそうにないなあなんて考える。

マンションに到着して、車を降りると大我くんがスマホを取り出した。眉をひそめている。

「どうしたの？」

研修医とはいえ、呼び出しがかかることもある。外科での大我くんはすでに戦力とされているようで、日々多忙なのだ。

「親父だ」

無視して、スマホをポケットに入れてしまった。和之おじさんからの着信なのに。

「いいの？」

「寒い駐車場でおまえと守を待たせてまで電話する必要はないだろ。あとでかけ直す」

私がお願いしたように大我くんはご両親と対話を持つ姿勢はあるのだ。

大我くんが荷物、私が守を抱き、地下の駐車場から部屋のある十階まで直通のエレベーターに乗った。部屋に着くなり、インターホンが鳴り響く。

「荷物かな。下の宅配ボックスに入れてもらおうか」

荷物を頼んだ覚えはないけれど、吉井工場長夫妻が何か送ってきたという可能性はある。カメラを見ると、コートを着込みサングラスをかけた女性と帽子をかぶった男性。その背格好に見覚えがあったけれど顔が見えない。

「大我くん」

冷蔵庫に買い物の荷物をしまっている彼を呼んだ。カメラを確認した大我くんが険しい表情でインターホンを取った。

「はい」

『斯波です』

インターホンを通してもその声が房江おばさんのものだとわかった。

『開けて、大我』

「下に行く。外で話そう」

『いいから開けなさい！』

房江おばさんが怒鳴った。帽子をかぶっているのはやはり和之おじさんのようで、声を抑えるようにと房江おばさんを制している。

『大我、悪いが部屋で話せないか。ちづるちゃんもいるなら、一緒に』

「話し合うなら時期を見てこちらから出向くと言った。あんたもそれで納得しただろう」

冷徹な声音で言う大我くんはこのままご両親を追い返しかねない。おそらく、私を守ろうという気持ちが強いのだ。私はとっさに彼の腕に触れ、顔を見上げた。

「大我くん、入ってもらおう」

「ちづる、でも」

「遅かれ早かれ、話し合うべきだから」

大我くんは納得していないようだったけれど、私の提言にうなずいた。

「開ける。部屋まで来てくれ」

守はまだすやすや眠っていた。姿を見せた方がいいだろうか。しかし、話し合いの邪魔になってはいけない。何より、房江おばさんがショックを受けるだろうと考え、寝室に寝かせた。

間もなくふたりが部屋に上がってきた。

「ご無沙汰しています」

リビングに入ってきたふたりに、私は頭を下げた。和之おじさんは一年ぶり、房江おばさんはもう十年近く顔を合わせていなかった。

「よくもまあ、大我をたぶらかしてくれたわね。ちづるさん」

挨拶どころではないといった様子で、房江おばさんが私をにらみつけた。

「子どもがいるんですって？　子どもを作って大我と駆け落ちだなんて、どこまでいやらしいの?」

「おい、房江。そうじゃないと言っているだろう」

和之おじさんが厳しく言うけれど、房江おばさんは聞く耳を持たないといった様子だ。

「なんでここがわかった」

大我くんが氷のような声で尋ねる。房江おばさんの態度に怒りを感じているのだとわかる。

確かにおじさんたちが現れたのは思いもかけないことだった。母と同じく吉井電子経由なら、工場長から先に連絡があるだろう。

「千寿子だ……。昨晩、やってきてね」

「何がやってきたよ。あなた、あの女と外で密会していたんじゃない!」

房江おばさんが怒鳴り、さすがに私と大我くんも目を剥いた。

和之おじさんと母が? ふたりはそんな関係じゃないと思っていたのだ。

和之おじさんが慌てた口調で訂正する。

「違う! 近所の喫茶店で話しただけだ。やましい場所じゃないし、店長は俺と千寿子には昔馴染みで……」

「やましくないなら、私が乗り込んでいったときになんであんなに青い顔をしたのかしら!?」

「落ち着いてくれ、母さん」

大我くんが口を挟んだ。自分が怒っている場合ではなく、母親の激昂を静めない限り、話し合いはうまくいかないだろうと思ったようだ。

ふたりにソファを勧め、大我くんはダイニングの椅子をソファの方向に向け、腰かけた。私はお茶を用意し、ローテーブルに置いて、大我くんの隣に立った。腰を落ち着けて座る気持ちにはなれなかった。

「うちで借金を断られた千寿子おばさんが、腹いせにこのマンションの住所を教えた、と」

「まあ、そんなところだ。千寿子が住所を――」

和之おじさんの言葉をさえぎるように、房江おばさんが怒声をあげる。

「それだって、この人は握りつぶすつもりだったのよ。私があの女から、直接この家とあなたたちのことを聞き出したの」

想像だけれど、母は房江おばさんにこそ、ここの住所を明らかにしたかったのではないだろうか。私たちの生活をめちゃくちゃにしたいなら、穏健な和之おじさんより、母もろとも私を嫌っている房江おばさんに言うのが効果的だ。

そして母の思惑通りになったからこそ、現在の状況が出来上がっている。

「大我、いい加減、斯波総合病院に戻っていらっしゃい」

房江おばさんが怒りに染まった目で、私たちを見据えた。

「今ならまだなんとでも取り繕えるわ」

「俺はちづると息子とこの土地で生きていく。あんたたちに願うのは、俺とちづるの仲を認めてほしいってことだけだ」

「まだ、そんなことを言っているの？　私は絶対に許しません」

房江おばさんは引かない。しかし、大我くんも引く気はなく、厳しい口調と視線を房江おばさんに向ける。

「ちづるを拒絶するのは、母さんが千寿子おばさんを嫌いだからだろ。あんたの論理は自己中心的だ。俺のためって言いながら、自分の好悪で俺の将来を決めている。ちづるがあんたに何をしたんだよ」

「大我をこんな田舎に連れ去ったじゃない！」

このままでは親子喧嘩だ。大我くんの言葉は抜き身すぎるし、おばさんは怒りで正常な判断ができない。私は精一杯の気持ちで口を開いた。

「あの、私は大我くんと別れてこの土地に来ました。大我くんと駆け落ちをしたいという意図があったわけではありません。勝手な判断をしたのは私です」

「それを追いかけて来たのは俺だよ。何も言わずに身を引いたこの馬鹿を」

大我くんが言い、和之おじさんが加勢するように言う。

「そうだ。大我と別れてくれと頼み込んだのも、私だ。ちづるちゃんは悪くないんだ」

しかし、和之おじさんの言葉はすべて裏目のようだった。房江おばさんの目にさらなる怒りが宿る。

「ちづるさんをかばうのは、大好きな女の子どもだから？　あなたの子でもないのに、千寿子さんの娘ってだけで。面影でも見ているの？」

「だから、何度言ったらわかるんだ。俺と千寿子はただの幼馴染みだ」

「私がいなかったら、千寿子さんを奥さんに選んでいたでしょうね。親の反対を押しきって」

私と大我くんは口をつぐんだ。和之おじさんと房江おばさんのやりとりが白熱していく。

もしかして、房江おばさんが怒りを感じているのは誰より和之おじさんに対してではないだろうか。そんな気がしてくる。

「いつもいつも、呼び出されたらひょこひょこ会いに行って。いつまで都合のいい男でいるつもりなの？」

「妹みたいなものだって言っているだろ。困っていたら、放っておけない」

「放っておけないから、お金まで渡すの？　あなた、金づるにされてるのよ！」

「お金を母に渡していたんですか!?」

房江おばさんの言葉に頓狂な声をあげてしまったのは私だ。まさか祖母だけでなく、和之おじさんまでアテにしていたなんて。我が母ながら、どこまでだらしないのだろう。

「いや、本当に少額……。一万とか、二万とか、小遣い程度で………」

ぼそぼそと話す和之おじさんに私は言いつのる。

「駄目です！　母は調子に乗ります！　もしかして昨日会ったのも……」

「この人またお金を渡していたのよ！」

房江おばさんが怒鳴り、和之おじさんが必死な顔で言い訳を始めた。

「千寿子が付き合っていた男の家を出て、ちづるちゃんも頼れなくて、このままじゃホームレスになるって泣きつくから……。当座の宿代を………」

「元凶は親父じゃねえか」

大我くんが呆れた表情で、はーっとため息をついた。

「千寿子おばさんを放っておけないっていうのと、甘やかしていいっていうのは違う問題だろ。それに、そうやって幼馴染みを構い続けてるから、母さんが不安になるんだろ？　母さんがちづるを憎む原因を作ったのは親父だよ」

ぐうの音も出ない、そんな様子で和之おじさんが黙る。私は房江おばさんの目に涙がにじんでいるのを見た。

たぶん、房江おばさんはすごく和之おじさんが大事なのだ。それなのに、夫はいつまでも幼馴染みの女性に執心している。肉体関係なんてなくても、精神的に勝てない異性がいたら、夫婦として苦しいに違いない。

「和之おじさん、もう母にはお金を渡さないでください。母の甘えた性格が今更変わるとは思えません。でも、甘えを許す環境を周囲が作ってはいけないと思うんです」

私は頭を下げた。不肖の母の代わりに、私自身のために。

「房江おばさん、母のせいで長く嫌な思いをさせて申し訳ありません。だけど、私は大我くんが好きです。一度離れて、それでも忘れられませんでした」

大我くんが立ち上がった。私の横に立ち、一緒に頭を下げる。

「親父、母さん、ふたりには俺たちの結婚を認めてほしい。ちづるに振られても、俺は諦めきれなかった。あんたたちの望む未来は俺には不自由で不幸な未来なんだ。ちづるがいなければ、幸せにはなれない。わかってくれ」

房江おばさんが涙に潤んだ瞳でこちらを見ている。唇が彼の名を形づくったときだ。

「ふあああああん」

隣室で大きな泣き声が聞こえた。守が目覚めたのだ。

急いで迎えに行くと、すでに真っ赤な顔で手足を振り回して泣いている守の姿。おそらく少し前に起きていたのだろう。私の姿がなくて不安になったのかもしれない。

「ごめんね、守。おいで」

帰る直前に授乳を済ませたので、次まではまだ間がある。オムツを替えて抱き上げてゆすると、守は泣きやみ、指をくわえて私をじいっと見つめた。

守を抱いてリビングに戻った。私はそのまま、房江おばさんの前に行き、床にひざまずいた。

「守といいます」

房江おばさんは、私の腕の中の守を恐る恐る覗き込んだ。しばらく沈黙が流れ、それからかすれた声が聞こえた。

「可愛い……」

涙が房江おばさんの頬を伝ったのが見えた。

和之おじさんと房江おばさんは、その日のうちに東京へ帰っていった。

『ふたりの結婚を認める』

和之おじさんはそう言った。

半分以上、夫婦不和の話し合いでもあったため、和之おじさんも房江おばさんも話が決着してからは言葉少なだった。

それでも、房江おばさんは守を抱っこして、何度も可愛いと言ってくれた。

私とはちゃんと目を合わせてはくれなかったけれど、それは長年の確執や私にある母の面影を思えば仕方のないことだろう。守を受け入れ、結婚を認めてくれただけで今は充分だ。

大我くんは、まだ当分この町の雪ノ原病院に勤めると宣言した。

『後期研修医の経験は、親父の元にいたらできない。地域医療の現場で修業を積んで、医者として一人前になりたい』

大我くんの見せた意志に、和之おじさんも納得したようだ。いつか斯波総合病院に戻ってほしいという気持ちはあるようだけれど、今は大我くんの希望に沿うと答えてくれた。

「そろそろ、東京に着いたかな」

夕食を終え、私は守のお風呂の準備をしていた。キッチンで片付けをしている大我くんがシンクから振り返った。

「新幹線だから、家まで着いた頃だろ」

「和之おじさんと房江おばさん、色々話せるといいね」

「我が親ながらコミュニケーション不足だ。あとは親父の千寿子おばさんへの未練をどうにかすればいい」

私は首を振った。

「和之おじさんは優しすぎただけだよ。私に大我くんと別れてくれってお願いしてきたときだって、大我くんの未来と房江おばさんのメンタルを心配してのことだったもの。房江おばさんのこと好きに決まってるじゃない」

大我くんが手を拭きながらこちらに戻ってくる。守のぷにぷにのほっぺたを指でくすぐり、こちらを見てにっと笑った。

「親父はたぶんいっとき、本気で千寿子おばさんが好きだったんだろうよ。だけど、相手にされなかったんじゃないか？」

「ええ？　そうかなあ」

「男なんてそんなもんだ。好きだった女はいつまでも忘れられないし、甘い態度を取ってしまう。母さんを好きなのも本当だろうけど、千寿子おばさんは青春の思い出。だから、頼られたら無下にできなかったんだろうな」

大我くんの指にくすぐられ、守がきゃっきゃと明るい声を出す。いつも通りの光景に、今日一日の混乱劇が終わるのを感じた。

「今後は我が家の平穏と、母さんの安寧のために、行動を慎んでもらおう」

「そうね。それがいいかも」

「たぶん近いうちに母さんから守にプレゼントが届くぞ」

房江おばさんから？

私が首をひねると、大我くんが笑った。

「帰り際にこっそり俺に聞いてきた。今、ロンパースは何センチを着ているの？って。親父に怒っていた気持ちより、初孫の可愛さの方が勝ったんだろうな」

もしそうなら、それはとても嬉しい。房江おばさんは長い間、苦しいことが多かったはず。これからは、大我くんとも仲良くしてほしいし、孫の守を愛してほしい。

「今日、会えてよかったね」

「ああ。結果としてな。……肝心なことを忘れてるぞ」

「何？」

大我くんは琥珀色の目を細め、いたずらっぽく微笑んだ。

「さて、婚姻届はいつ出そうかな」

「あ」

私は思い出して、頬が熱くなるのを感じた。

私たちの結婚を反対する人はいなくなった。私たちは胸を張って結婚できるのだ。

私のクセ毛を指に絡め、大我くんがささやいた。まだまだ先だと思っていたことが、いきなり目の前に現れた。嬉しさと驚きと、ドキドキした気持ちで言葉にならない。

「俺はいつでもいい」

「そんな期待した顔をするな。風呂より先に襲うぞ」

「おそ……っ！」

期待しているとしたらそれは同じ籍に入れるということなのだけれど、どうやら彼にはそうは見えないらしい。慌てて言い足した。

「婚姻届は！　保証人を誰にお願いするか決めてからね！」

「襲われたいんじゃなかったのか？」

「それは守が寝てから！」

「寝てからならいいんだな。それなら、さっさと守と風呂に入ってこい。寝かしつけは俺がやる」

襲うのはなしで、と言いそびれてしまった。何をされてしまうのだろう。私は熱い頬のまま、守とともにお風呂に向かうのだった。


婚姻届は三月に出すと決めた。

守は私の戸籍に入っていて、非嫡出子として認知届を出している状態だったので、大我くんと私の新しい戸籍に実子として入る。

婚姻届の保証人の欄は、大我くんの上司である外科部長と靖世さんが記入をしてくれた。外科部長のお宅には三人で挨拶に行き、その場で書いてもらった。靖世さんは我が家にやってきて書いてくれた。

靖世さんはものすごく喜んでくれ、お祝いだと守に手作りのロンパースをくれた。和裁も洋裁も編み物も本職の靖世さん。手製の綿のロンパースは守にとても似合っていた。

三月、午前中のうちに三人で市役所に行き、婚姻届を受理してもらった。まだまだ冬真っただ中だけれど、この日は朝から晴天だった。雪もピークは過ぎたように思う。

「少しドライブしよう」

大我くんの提案で、車で出発した。国道は除雪がしっかりされているものの、周囲は雪の壁が何メートルにもなっている。

途中、大きなスーパーに立ち寄り、授乳室で守に授乳を済ませた。スーパーで飲み物、併設のパン屋でサンドイッチを買って、大我くんが戻ってきた。

「もう少し山の方まで行くぞ」

「大丈夫？　慣れない道だと不安じゃない？」

「山道っていったって、雪深いところは冬季閉鎖なんだよ。途中までしか行かないから大丈夫だ」

市街地から離れるとすぐに山裾になる。車で上り坂を進む。大きなカーブの道も出てきて、山らしくなってきた。

車は都内で仕事のときだけ運転していたけれど、こうして観光目的で乗った経験がほとんどない。子どもがいて地方暮らしだとやはり便利だなと感じながら、徐々に山を登っていく感覚にわくわくした。

「ここだ」

大我くんが入っていったのは公園の駐車場。シーズンオフのせいかがらんと空いていて、一部は除雪ができていない。駐車場の片隅には機械でどけた雪が塔のようになっていた。

「来たことないけど、広告やポスターで見たことがある。大きな公園だよね」

「夏場は水遊び、冬場は雪遊びができるらしい。冬用の施設は二月いっぱいで終わりで、今は中を覗けるだけ。だから入園料は無料」

門をくぐると大きな道が一本あり、その先は雪原が広がっていた。先日まで雪遊び広場だっただけあって、雪は踏み慣らされてでこぼこだ。凹凸のある雪原にまばゆい陽光が反射してキラキラと輝いている。

守は起きていた。抱っこ紐から出して、雪の世界を眺めさせる。

「あー」

まだよくわかっていないのだろうけれど、普段と違うところにいるのは理解できるのか、守が大きな歓声をあげた。

「綺麗だろ、守」

大我くんが守に話しかけ、頬を撫でる。その優しい表情に私は目を細めた。

「大我くん、あらためて今日からよろしくね」

今日から夫婦。今までだって一緒にいたけれど、私たちは法律上も夫婦で親子になったのだ。区切りとして、私たちには必要だったと思える。

「斯波ちづる。斯波守。いい響きだな」

大我くんが満足そうに言う。私もうなずいた。

「そうだね。私もそう思う」

大我くんが守を受け取る。それから、私を見て本当に甘く優しく微笑んだ。

「ちづる、幸せになろう」

ああ、やっとだ。

そう思った。

紆余曲折(うよきょくせつ)あって、結ばれるまで遠回りした私たち。

結婚の約束をしながら別れを選んだ私たち。

再会して守を産んで、そうしてまたともに生きようと誓い合った私たち。

みんなに祝福されて、今ようやく家族になれた。

私の家族だ。もう絶対に失いたくない。

「ずっと、一緒にいてね」

涙をこらえて、私は微笑んだ。

「当たり前だ」

大我くんが自信満々の笑顔で答えた。

十　信頼

五月、雪はもうほぼ解け、先週までは桜が咲いていた。この町に遅い春が来ている。守は生後半年を迎えた。生活のリズムはかなり整ったけれど夜間はまだ頻回授乳が必要で、私は寝不足の毎日だ。よく飲むせいか母乳では足りず、今はミルクも足して混合栄養にしている。

寝返りが上手でゆっくりとだけれど転がって私についてこようとする。うつ伏せでぐっと腕を突っ張り前に進みたいような素振りも見せるけれど、まだお腹やおしりは重たそうで動いてこない。やがて諦めてコロンコロンと寝返りで移動する姿はとても可愛い。お座りは座らせてあげると、前屈みに傾いた格好でできるようになった。

お喋りもさかんで、私たちに向かって話しかけるような声をあげる。特に構ってほしいときの『だーだっ!』という怒った声はなかなかパワフルだ。主張が強いのは絶対に大我くん似だと思う。

大我くんは後期研修医を続けている。年度明けから手術の第一助手に入ることが増え、最近は執刀も担当しているそうだ。

知らなかったけれど、研修時代でも執刀医を務めるのはよくあるそうだ。専門研修時代にたくさんオペの経験を積むのは必要なことなのだろう。

大我くんの場合は、斯波総合病院で半年以上の外科医勤務をしていて、和之おじさんの執刀には必ず助手で入っていたそうだから、その経験も活きているに違いない。

私は、靖世さんの仕事の手伝いに復帰している。

週二回、守を連れて手芸教室のアシスタントに行く。手芸教室の奥様たちに守はアイドル状態で、いつも誰かが抱っこをしている。靖世さんが苦笑いで『手を動かしてくださいね』と注意しても、聞いてくれないほどだ。

空いた時間はマーケットプレイスの管理をしている。これは出産直後だけ休んで、ずっと続けていたけれど、発送や入出金の管理も私が請け負うことになった。

最近は靖世さんの作品をいかに綺麗に撮影できるかを考え、公園でロケ撮影をしてみたりと工夫もしているのだ。

靖世さんも守の誕生をきっかけにベビー用品の制作に精を出すようになり、そちらも人気だ。先日はなんと、ママたちの情報サイトの撮影で使用させてもらいたいと依頼がきた。

靖世さんはアーティストでクリエイター。彼女の作品が認められて私が鼻高々になってしまう。靖世さんは『ちづるさんが手を貸してくれなかったら、こんなふうに発信できなかった』なんて謙遜するけれど。

私たちは楽しく、平穏に、この町で暮らしている。

昨年の五月、私はこの町に越してきたばかりで毎日が不安でいっぱいだった。泣いてばかりいたし、肌寒い春に鬱々としていた。

今は、愛する夫と息子と、広い空を眺めて笑っている。

人生は流れ、変わっていく。何があるかわからないのだと実感する。


五月も後半、大我くんはかなり忙しそうだった。なんでも、大きな手術の執刀チームに入ったらしい。

雪ノ原病院の場合、緊急の外科手術もあるが、多くの手術は内科を経由し手術計画に則って執刀が行われる。患者の情報などの詳細は家族でも聞くわけにはいかないから、大我くんが着実に経験を積んでいるという事実だけで私には充分だった。

しかし、ここ二日ほど大我くんは今ひとつ元気がない。

普段はどんなに疲れていても、私と守との時間を大事にしてくれていた。今日は先ほど帰ってきて、無言でシャワーを浴びに行ってしまった。食卓にはちょうど出来上がったロールキャベツが並んでいるのに、食べるともなんとも言わないのだ。

ちなみに昨晩も今朝も、私が用意した食事を餌みたいに無言で食べていた。

斯波総合病院で研修医をしていた頃、跡継ぎという立場から先輩医師たちに揶揄されることはあったようだ。だけど、彼はそういった苛立ちや怒りを私には見せなかった。私も敢えて聞き出そうとはしなかった。

だからこそ、今回の不機嫌ともなんともつかない態度にはもやもやしてしまう。何があったのだろう。

「大我くん、夕食の準備できてるよ」

お風呂上がりの大我くんに声をかけると、彼はこちらを見ずにため息をついた。

「悪い。腹減ってない」

それなら、シャワーに行く前に言ってくれればいいのに。そのまま寝室に行こうとする大我くんは、今日は一度も私とも守とも目を合わせていない。

「待って」

さすがに私は呼び止めた。

「体調悪いの？」

「そういうんじゃない。放っておいてくれ」

誰もが完璧な神様じゃない。機嫌の悪い日はあるだろう。だけど、私と守は大我くんの機嫌にまったく関係がないのだ。ずっと彼の顔色を窺う生活は疲れてしまう。

「あのね。私たち、同じ家に住んでる家族でしょ？」

大我くんが振り返った。私の口調に、少し驚いたような顔をしている。

「お仕事で何かあったのかもしれないし、私に話せないこともたくさんあると思う。だけど、同じ空間に暮らす人に感じ悪く接するのはどうかと思う」

「感じ悪く……接しているつもりはない」

「ずっと不機嫌だよ。詳しく話せないからって、『察してくれ』オーラを出すのはやめてください。私だけならともかく、この先守にも同じ態度を取られたら嫌だから」

そのとき、床で寝返りをして私の足元まで来ていた守が声をあげた。

「だーっだ！」

その大きな声に、大我くんの張りつめた表情が一瞬で緩んだ。屈み込んで、守を抱き上げる。

「そうだな、守の言う通りだ」

守からのお叱りと取ったようだ。大我くんはふうと息をつき、それからダイニングチェアに戻って腰かけた。

「悪かった、ちづる。おまえと守に甘えてたかもな」

「ううん」

「担当患者とうまくいかなくてさ。研修医に執刀されるなら手術は受けないって言われたんだよ」

私は目を丸くした。そうだったのか。

確かに私も研修医が執刀するとは最初は知らなかった。同じく知らない患者が無理解な発言をすることもあるだろう。何しろ、自分の身体にメスを入れるなんて、誰だって怖いに決まっている。

「虫垂炎で癒着があるから、腹腔鏡下手術は適さない。開腹ってだけで精神的なハードルは上がる。今は薬で炎症を抑えているけれど」

「大我くんの経歴や人柄を知れば、そんなこと言わないと思う」

「医者は技術だ。経験年数が短いことを不安に思われるのはある程度仕方ない。ただ歯がゆいっていうのはあるな」

大我くんはきっとこうした悩みや弱みを私に見せたくなかったのだろう。不機嫌を気にせずそっとしておくのも、妻の仕事だったかもしれないなと今更感じた。

「無理やり聞き出してごめん」

「いや、俺もちづるに甘えてる。昔は格好悪いところを知られたくなくて、嫌なことがあっても見せないようにしてたのにな。今は緩んでるんだな、察してくれっつうのは我ながらダサかった」

そう言って大我くんはひっそりと笑った。私は大我くんと守の前に立ち、それから腰を屈めて大我くんと目線を合わせた。

「大我くん、その患者さんの目を見て、にこやかに話した？」

大我くんが訝しげに首をひねる。私の言っている意味を測りかねているようだ。

「人間って結局は信頼関係だと思う。技術や経験があっても、信頼できない人に手術はしてもらいたくないよ。だから、まず『あなたの身体を治したい』って伝えるのはどう？」

「伝えてる……つもりなんだけどな」

「大我くんって学生時代はさ、私や男友達には優しいけど、他の人はばっさり線引きして冷たかったよ。女の子たちなんか邪険に扱ってた。私以外の女子と距離を置いていたんだろうけど、泣いてる子もいたからね。大我くんは自分から懐に入れた人以外には、冷徹で厳しくて怖い」

大我くんは詰まった。多少心当たりはあるのだろう。

「産婦人科の助産師さんにも言われた。最初は冷たい雰囲気がしたって。大我くんの第一印象をそう感じる人がいるなら、笑顔で少し緩和できないかな」

「媚びてるみたいじゃないか？」

「いいじゃない、媚びたって。少しでも信頼してもらえる要素になるなら。私は大我くんが本当はすごく優しくて温かくて、職務に熱心な人だって、患者さんに知ってもらえない方が悲しいな」

大我くんは腕の中の守をあやして、しばし黙っていた。それから、私に守を預けて言った。

「とりあえず、メシを食う」

「あら、食べてくれるの？」

「ちづるが作ってくれたものを見もせずに食わないって言ったのは、本当に悪かった」

大我くんはまだ何か考えていたようだったけれど、それ以上は言わず、ロールキャベツをぺろっと平らげてしまった。

翌日、通常通り朝に出勤していった大我くんは、夕方に帰宅した。

リビングに入ってくるなり、長座布団で遊んでいた守を抱き上げ、私に向き直った。

「昨日話した患者、納得してくれたぞ」

「本当？　やったね！」

「ああ、明日の午後に手術室を取っているから、間に合ってよかった」

大我くんは守に頬擦りをして、にっと笑う。その表情は安堵と達成感が見えた。

「ちづるは、俺に出せない答えを簡単に出せてしまうな」

「たまたまですよー」

「守、おまえのママはすごい女だよ」

私は全然すごくない。自分の希望を口にしただけなのだ。それでも、大我くんの心の支えになれるなら嬉しいし、彼の力の足しになるならいいと思う。大我くんを幸せにしたいと言ったのは私だから。

大我くんが数日ぶりに安らいだ表情をしているのに、誰より私が一番ほっとしたのだった。

同じ週の土曜日、私たち三人は靖世さんの家に招かれていた。守の生後半年の祝いをさせてほしいと靖世さんに提案されたのだ。

まだ生後半年なので張り切らなくてもいいと答えたのだけれど、どうしてもお祝いしたいと言ったのは靖世さん。守を孫のように思っていてくれるのはありがたいので、お言葉に甘えることにした。

居間のテーブルには靖世さん手製の食事がずらりと並んでいた。山菜やおこわ、煮魚に、ローストビーフ。のっぺい汁という郷土料理はお正月やお祝いでも食べられるそうだ。ショートケーキも用意されているけれど、これは大人用だろう。

「こんなに豪華にしてもらって」

「いいの、私がしたかったから」

みんなで写真を撮り、ごちそうをいただいた。守はずっとにこにこ機嫌がよく、靖世さんの膝の上でお行儀悪くプラスチックの食器を叩いている。

「離乳食は始めたの？」

「昼間にどろどろのおかゆを。あっという間に茶碗半分くらい食べてしまうようになったんですよ」

「すごい。守くん、おかゆさんが食べられるのねえ」

微笑む靖世さんは、本当に守の祖母みたいに見える。こうして近くで仲良く暮らしていけば、守もおばあちゃんのように思うだろう。

私たちはいろんな話をした。大我くんの先日の話をすると、靖世さんは笑って、

「斯波さんは綺麗な顔をしているから、とっつきづらく見えるのかもねえ」と言った。

大我くんが困って、渋い顔をしていたけれど。

「さて、じゃあ私も報告しちゃおうかしら」

ケーキを大人三人で食べているときに靖世さんが何気ない様子で口を開いた。守は眠ってしまい、近くに置いた長座布団で寝息をたてている。

「岩名さん」

大我くんがなぜか心配そうに口を挟みかけ、靖世さんがそれを制した。

「ちづるさん、私、来週から入院するの。六月に手術。大腸にガンが見つかってね」

絶句してしまった。今までの楽しい雰囲気が一転、私は凍りついたように動けない。

「ガン……それは、もうわかっているんですか？」

かろうじて聞き返しながら、この食事会でも靖世さんがほとんど食べていなかったことに思い至る。ケーキも少しずつ口に運んでいた。

「検査で。ね、斯波さん」

私ははじかれたように大我くんを見る。大我くんはうなずくこともせずに黙ってい

る。

「斯波さんは執刀チームに入ってるの。三月から微熱が出ることが多くて、内科で検査してもらってわかったのよ。S状結腸ってところのガンで、大腸ガンではよくある部位らしいけど、深達度っていうのかしら？　ステージⅢなんですって」

ぞくりとした。大我くんが抜擢（ばってき）された手術チーム入り。それは靖世さんの手術なのではないか。

「実は入院が決まった段階で、お教室はお休みの連絡を入れてあるの。生徒さんには詳しいことは言っていないけれどね。ちづるさん、そんなわけでしばらくはお手伝いはいりません。インターネットでの販売だけはどうしようかと思って。ちづるさんに相談しなくちゃって」

「靖世さん！」

仕事の相談よりも、早く話してほしかった。もっと頼ってほしかった。

動揺で声が震えるものの、精一杯の気持ちで続けた。

「入院中、お手伝いさせてください」

「ありがとう。でも、守くんもいるでしょう。ほとんどのことは兄夫妻にお願いしてあるから」

「それでも！」

私は叫ぶように言って、頭を下げた。

「何かさせてください。……靖世さん」

ここまでお世話になっておいて、何もしないなんてできない。恐怖すら感じるけれど、パニックを起こさないように必死に自分を律し、私は頭を下げ続けた。

「顔を上げて、ちづるさん。じゃあ、お洗濯とか手伝ってもらおうかしら」

靖世さんはずっと穏やかだった。


帰宅し、眠ってしまった守をベッドに運ぶまで私はろくに口もきけなかった。

その間に大我くんがお茶を淹れてくれる。私と話をするためにダイニングテーブルについていて、待っていてくれる。私はのろのろと向かいの席にかけた。

「知ってたの？」

「ああ」

大我くんは低い声で言った。

わかっている。医者には守秘義務がある。どんなに親しい人でも、その病状を勝手に誰かに話すわけにはいかないのだ。

「大きな手術チームに入ったっていうのは靖世さんのこと？」

「岩名さんのオペも含まれる。他にも循環器外科の心臓手術と、肺ガン患者のオペも同じチームだ」

「靖世さんは……」

そこから言葉にならなかった。涙がぽたぽたとテーブルに落ちた。守の半年祝いをしたいと言った靖世さんは、自分の身体がどうなるかわからないから一歳を待たずにお祝いをしたかったのだ。

「落ち着け、ちづる。岩名さんのガンはステージⅢ、五年生存率は七十七パーセント。S状結腸部は症例も多い。もちろん開腹してみて状況が変わることはあるが、悲観しすぎなくていい」

「でも……靖世さんにもしものことがあったら」

「岩名さんを信じろ」

俺を、と大我くんは言わなかった。それは病に打ち勝つのは本人であるという医者の信条なのだろう。

「彼女は治すつもりで手術を受けるんだ。俺も全力を尽くす。おまえと守は岩名さんのそばにいて力を与え続けてくれ」

私は顔を覆い、うつむいた。

出会ってから一年ちょっとの靖世さんが浮かぶ。どれほど力を与えてくれたか、愛情を与えてくれたかわからない。靖世さんはこの土地で出会った私の家族だ。今度は私が支える番。

私は涙を呑み込み背筋を伸ばし、大我くんに向かって頭を下げた。

「大我くん、靖世さんをお願いします。私の大事な人なんです」

「わかった。俺にとっても岩名さんは恩人だ」

大我くんの言葉は決意に満ちていた。私の仕事は混乱しないこと、泣かないこと、守と一緒に靖世さんを勇気づけること……。

翌日、私は靖世さんと買い出しに出かけた。入院に必要なものをあれこれそろえる目的だ。歯ブラシやコップなどは家にあるものでいいけれど、下着や前開きのパジャマなどは新調したいという。

こまめに洗濯に持ち帰るのに、『守くんもいるのだから無理させられない』と靖世さんは多めに用意したい様子だった。

「お見舞いもあまり頻繁に来なくていいからね」

「なるべく毎日顔を出します。手術中は病室で待つつもりですし」

駅ビルの中で買い物をしながら、そんな会話をする。靖世さんは首を振った。

「それこそ、兄夫妻が来てくれるからいいわ」

「私がそばにいたいんです」

思わず力を込めた口調になってしまい、靖世さんが目を丸くする。

「すみません。でも、どうしても言いたくて。靖世さんには余計なお世話かもしれませんけれど」

「余計なお世話なんてことないわ」

靖世さんは穏やかに微笑んで、靴下をいくつかかごに入れていた。

買い物を済ませると、駅ビルの中で昼食をとった。守が騒ぐのではないかと思ったけれど、設置してもらったベビーチェアに喜んで座っている。

家で使用しているものとは違っても、ここに座ると美味しいものが食べられるとわかっているのか、にこにこ自分のごはんを待っている。

そんなこともあろうかと持ってきたマグを取り出し、店員に断って守に渡しておいた。中身は麦茶なので、彼の思う美味しいものではない。いつまで我慢してくれるだろう。

「守くんが退屈しないうちに食べちゃいましょう」

靖世さんはそう言ってランチメニューを選ぶ。

「食事に制限はあるんですか？」

「術後は少しね。今は繊維質を控えめにしなければならないから、気をつけているくらいよ。お肉も少量ね」

そう言ってリゾットを注文している。昨日もあまりたくさんは食べていなかった。食欲がなかったりするのだろうか。

「驚かせちゃったわね、ちづるさんを」

「正直、驚きました。気づかなかったのも、なんだか申し訳なくて」

「一緒に住んでいたってわからないくらいよ。私も微熱と便秘程度しか自覚症状がなかったもの」

靖世さんはそう言って笑う。彼女が穏やかであればあるほど、私の不安はどんどん大きくなる。

祖母も病気がわかってからはとても穏やかだった。大丈夫、大丈夫と、私に病状の詳細を教えてはくれなかったけれど、亡くなったあと吉井工場長に聞いたところでは、病気が見つかった時点でもうかなり進行していたそうだ。

　祖母と靖世さんがだぶってしまう。それが私の恐怖をあおる。泣かないと決めたのに、心は簡単に納得してくれないのも事実だ。

「私の夫ね、病気がわかってから亡くなるまで三ヵ月ほどだったのよ」

　靖世さんがセットのアイスティーをひと口飲み、言った。あーあーとお喋りしている守の口元をガーゼのハンカチでぬぐってくれる。

「本当にあっという間で。きちんとお別れはできたと思うけれど、美味しいものを食べに行ったり旅行をしたりという暇はなかったわ。だから、私も守くんの一歳のお誕生日は見られないんじゃないかって、慌ててお祝いをさせてもらっちゃった。ごめんなさいね」

「見られます。きっと治ります」

　そう言いながら私は目元をぬぐっていた。昨日こらえた涙がまた湧き上がってくる。本当に弱虫な自分が嫌になる。

「みんなで応援します。大我くんは手術の第一助手を務めますし、私も吉井工場長も奥さんも待ってます。守だって、靖世さんに一歳のお祝いをしてもらいたいに決まっています」

「そうね」

靖世さんは優しく笑う。聖母のように清らかな笑顔だった。

「ちづるさんのこと、勝手に娘みたいに思ってるの。だから、まだ生きていたい。ちづるさんとたくさんお喋りしたいし、守くんの成長を見たいわ」

「お願いします。私だって、靖世さんをお母さんみたいに思っています」

ぐすぐす涙をぬぐう私に、靖世さんは自分のハンカチを取り出して渡してくれた。

リゾットとパスタが届き、私たちは守がお喋りをしている間に急いで食べたのだった。


六月の頭、入院から二日後が靖世さんの手術日だった。

朝に大我くんを家から見送り、午前のうちに吉井工場長夫妻と駅で合流した。守を伴い、病院に向かう。

吉井工場長が医師の説明を受けている間に、病室で靖世さんと奥さんと他愛ない話をした。

「絶食がつらいわ。ごはんが食べたい」

「手術が終わって食べられるようになるといいわね」

「あーだだだ」

守が合いの手を入れるみたいに会話に口を突っ込むので、みんなで笑った。少しでも明るい空気でいたかったので、守の存在には私が一番救われたように思う。

昼時に大我くんからメッセージがきた。

【あと一時間ほどで手術に入る。守もいるから、無理せず一度帰宅しろ】

手術は予定通りなら夕方に終わるらしい。だけど、開腹してみて状況が変わることもあるという。

【わかった。大我くん、頑張ってね】

それだけメッセージを送る。大丈夫、私は大我くんを信じている。

昼過ぎ、迎えの看護師が来て、靖世さんは歩いて手術室へ向かった。私たちは途中まで一緒についていき、手術室へ向かう手前のドアで手を振って見送った。

靖世さんは終始落ち着いていた。私ももう不安は口にしないし、態度にだって見せない。

大我くんがきっと靖世さんを助けてくれる。

吉井工場長夫妻と食堂で食事をとり、それから守の昼寝のために帰宅。朝からのお出かけに守は疲れているだろうし、休む時間が取れたのはよかった。

手術終了の予定時刻までには病室に戻ったけれど、少し長引いていると看護師から説明された。

十九時、先ぶれがあり、靖世さんがベッドで病室に運ばれてきた。全身麻酔から目覚める薬を入れられているので、意識はあるのだそうだ。

見下ろす私たちをぼんやり見ている。

「靖世」

吉井工場長が呼びかけると、なんとか「はい」と絞り出した声が聞こえた。

「靖世さん」

私の声に視線だけめぐらし、靖世さんが目を細めた。笑っているように見える。

「夫の声が聞こえたの。夢の中で」

か細い声で靖世さんが言った。

「でも次に守くんの泣き声が聞こえた。大変、抱っこしなきゃって思って……そうしたら、手術が終わってた」

守は私の腕の中からベッドの靖世さんをじっと見ている。いつも可愛がってくれる靖世さんだとわかっているかどうか。だけどこの小さな命は、靖世さんの生きる気力の一助になったようだった。

「兄さん、義姉さん、ちづるさん、守くん、みんなありがとう」

靖世さんはそう言って、また目を閉じた。


靖世さんの手術の結果は、そのあと吉井工場長に説明された。本人は深く眠ってしまっているので、明日執刀医である外科部長から直接話すそうだ。

私も結果を聞いていいと靖世さんから事前に言われていたので、吉井工場長から説明を聞いた。

結論からして、今回の手術で悪い部分はほぼ取りきれたということだった。心配されたリンパ節転移や、腹膜播種(ふくまくはしゅ)はなく、細かなガン細胞については術後体力が戻り次第、薬物治療をしていくという。

私と守はひと足先に病室をあとにし、帰宅した。

安堵から、今更強い疲労を感じていた。私は何もしていないのに、緊張が続いていたせいだろうか。守をお風呂に入れ、寝かしつけ終わったところに大我くんが帰ってきた。

「おかえりなさい」

リビングで出迎えると、大我くんは荷物をダイニングチェアに置き、私に向き合った。

「終わった。全力は尽くした」

「うん、聞きました」

うなずいた私はすでに泣いていた。そのまま大我くんに駆け寄って腕を身体に回す。

「ありがとう、大我くん。本当にありがとう」

「医者として当然の務めを果たしただけだ。まだまだ助手だしな」

「それでもありがとう！」

泣きじゃくる私の髪を大我くんが優しい手つきで撫でる。

「正直、俺もほっとしてる。岩名さんのおかげでちづると守はここで暮らしてこられた。ちづるが寂しい思いをしなかったのも彼女のおかげ。俺だって、岩名さんを大切に思ってるし、これからも家族同然の仲でいてほしい。元気にしてやりたかった」

「大我くん」

「医者になってよかったよ。大事な人の身体を治す手助けができた。今日、実感した」

大我くんの抱擁は強かった。彼もまた、緊張と重責の中闘っていたのだと感じる。私たちは子どものように身を寄せ合い、安堵の息をついた。

靖世さんは二週間入院し、自宅に戻った。経過は良好で、手芸教室は七月から早速再開。

気力にあふれた生活を取り戻した。

七月後半から抗ガン剤の治療が始まるそうで、また体調に変化があるかもしれないというけれど、できる限り近くで支えたいと思う。大我くんと守と一緒に。

十一　母性

八月、守は生後九ヵ月を迎えた。お盆より少し前に、大我くんが夏季休暇を取れたため、私たちは車で東京に向かった。

一年三ヵ月前に離れて以来の東京。守には初めての東京だ。

埼玉県で高速道路を降り、まずは霊園に立ち寄った。ここには私の祖父母のお墓がある。私もこの土地を離れてしまったので、お寺任せにしてしまっているお墓だけれど、掃除をしてお花をあげた。祖父母のお墓にお参りすることで守を見せたかった。

それから練馬区に向かい、吉井電子に顔を出し工場長夫妻とキヨおばあちゃんに会った。キヨおばあちゃんは守に初めて会う。すっかりお座りが上手になってハイハイも始めた守を、細い腕で一生懸命抱っこしてくれた。

「守ちゃんが大きくなるのを見たくて、ばあちゃんもっと長生きしちゃうな」

吉井工場長が言い、キヨおばあちゃんは威張って「長生きするに決まってるだろ」と答えていた。

抗ガン剤治療の一クール目が始まっている靖世さんは、私たちの上京には参加せず、お土産を持たせてくれた。それをキヨおばあちゃんに渡し、靖世さんの回復と治療について少し話して、私たちは吉井電子をあとにした。

それから私たちが向かったのは、斯波家だ。

「いらっしゃい。よく来たね」

和之おじさんが玄関で出迎えてくれた。

室内に入るのは子どもの頃以来だ。

「いらっしゃい」

キッチンから出てきたのは房江おばさんだ。仏頂面としか言いようのない顔をしているけれど、私たちにソファを勧め、お茶菓子とお茶を出してくれた。

「守くんを預かるから、召し上がんなさい」

そう言うと私の腕から守を抱き上げる。そのわくわくを隠しきれない顔から、房江おばさんが守に会いたかっただろうことが伝わってきた。こうして見ると大我くんと房江おばさんは似ているのだと感じる。ツンツンしているように見えて実は愛情深くて、懐に入れた存在には甘く優しい。

「ありがとうございます。頂戴します」

ロールケーキは近所の洋菓子店のもので、私にも大我くんにも馴染みの味だ。懐かしくてほっこりしてしまう。

「ちづるさん、床は綺麗にしてあるんだけど、ハイハイさせていいのかしら」

動きたがってじたばた暴れる守に困って、房江おばさんが声をかけてきた。

「はい。どんどんさせてしまってください。活発なので」

守は同じ月齢の子と比べるとやや小柄だけれど、敏捷で活発。ハイハイもうまい。そろそろつかまり立ちも始めそうな勢いなので、注意して見ている。

「あら、ハイハイ上手ねえ。上手、上手」

房江おばさんが手を叩くと、守はすっとお座りの姿勢になり、真似をして手をパチパチ叩いてみせる。どうだ？と言わんばかりの笑顔に房江おばさんが「あら～」と歓声をあげた。

「守くんが来るのをものすごく楽しみにしていたんだ」

和之おじさんがぼそっと私たちに言う。房江おばさんは彼女なりに歩み寄ろうとしてくれているのだろう。

「今日の宿は？」

「吉祥寺に取ってある。明日の夕方に帰るから、昼頃また顔を出すよ」

「そうか。久しぶりの地元だし、ゆっくりしていけばいいと思ったけれど、あわただしいな」

和之おじさんは少し寂しそうだ。

大我くんが言う。

「守がもう少し大きくなったら、まとめて泊まりに来る。それに、うちも空き部屋があるから、親父たちもたまに遊びに来ればいい」

それはずいぶん軟化した優しい言葉で、私は思わず大我くんを見た。大我くんは『なんだよ』という顔で私を見返したけれど、それは照れ隠しだ。

「ありがたいよ。房江も喜ぶし。ちづるちゃんはいいのかい？」

「はい、もちろんです。いつでも遊びにいらしてください。守もおじいちゃんとおばあちゃんに会いたいと思います」

話が聞こえていたようで房江おばさんが守を抱き上げ、語りかけた。

「守くん、おばあちゃんが今度遊びに行くからね」

守が「あい！」と返事をし、房江おばさんが微笑む。その様子はなんとも幸せそうだった。

「今日はちょっと相談があって来た」

不意に大我くんが口を開いた。

相談とはなんだろう。私も聞いていないのだけれど。

「ちづると結婚式を挙げたいと思ってる」

大我くんの宣言に、驚いて口をぽかんと開けてしまった。まったく聞いていない話だ。

「一生に一度だし、家族みんなのいい記念になると思う。親父と母さんはどう思う?」

「それは嬉しいに決まってるじゃないか。なあ」

和之おじさんが顔をほころばせ、房江おばさんを見やる。房江おばさんは一瞬戸惑ったような表情を見せた。大我くんがそんなことを言い出すとは思わなかったのだろう。

「いいんじゃない? あなたたちがしたいなら」

「ありがとう。守が一歳になって、年末くらいにはって考えてる。まずは場所と日程を決めるから、親父たちの予定がわかり次第教えてくれ」

大我くんはそう言って、私をちらりと見た。私が驚いているのを面白そうに眺めていた。

吉祥寺のシティホテルに移動し、チェックインしたあと、公園や街を散歩した。練馬の元自宅近辺もそうだけど、吉祥寺という街も久しぶりに歩く地元といった感覚だ。

「結婚式なんて考えてたんだね。和之おじさんも房江おばさんも嬉しそうだった」

公園で守を抱っこ紐から下ろし、ベンチにかける。守は大我くんの膝からずるりと滑り、地面にお座りしてしまった。抱き上げようとすると「やー」と拒否する。

大我くんが守の横に屈み込んで、私を見上げた。

「親孝行にはなるだろ。結婚式っていうのは」

「うん、そう思う。どこでするのがいいかな」

「東京でしてもいいし、新潟でしてもいい。身内程度しか招かない式だから。俺としては、岩名さんの体調もあるから、あっちで式を挙げた方がいいかと思ってる」

靖世さんは、薬物治療中は免疫が下がるそうで旅行などはできない。休薬期間中だって、私たちのために無理はさせられないだろう。

「靖世さんには参列してほしいものね」

「守を抱えて、準備もあるとなれば、今住んでいるあたりがいいだろうな。吉井電子のご夫婦とうちの親に来てもらう形で」

「キヨおばあちゃんを呼べないのが残念だな」

「写真を持って会いに来よう」

そこまで言って大我くんがふっと笑った。優しい笑顔だ。

「なに？　どうしたの？」

「結婚式だっていうのに、ちづるは参列者の心配ばかりしてるなって。俺たち夫婦の記念でもあるんだぞ」

「え、あ～そうだよね。っていうかサプライズでしたけど！」

「事前にほのめかすとサプライズの内容を知りたがる情緒のない女だからな、ちづるは」

大我くんがあははと笑った。確かにプロポーズのときは詮索して怒られた私である。

「結婚式かあ」

守を授かり、大我くんと夫婦になれたというだけで、私はもう最高に幸せなのだ。結婚式なんて想像もしていなかったし、予想外すぎて思考が追いつかない。だけど、今更じわじわと喜びと期待が湧いてくる。

「大我くんがタキシードを着てる姿、見たかったから嬉しい」

「俺はちづるのウエディングドレス姿を見たかったから嬉しい」

私の言葉をなぞるように言って、大我くんは「和装でもいいな」と付け足した。大我くん自身が結婚式を楽しみにしているのだ。

「守に何を着せるかも考えなきゃね」

「一歳過ぎた頃だろ。式の間中じっとしているとは思えないから、汚れてもよくて動きやすい服がいい。かといって、カジュアルすぎてもな」

「守も主役だから、それっぽい格好をさせたいよね。赤ちゃんのフォーマルってないか探してみるね」

近い未来を想像すると胸が弾む。親しい人たちに囲まれたアットホームな結婚式は、私たちの絆をもっと強めてくれるだろう。

するとと守をようやく抱き上げた大我くんが私の隣に腰かけ直す。それから、私の顔をじっと見つめるのだ。

「ん？　なになに？」

覗き込むと頬に触れるようなキスをされた。突然のキスにぶわっと頬を熱くする私を見て、大我くんはくつくつ笑う。

「キスしたいならそう言ってください」

「そんな様子で、誓いのキスができるのか？　結婚式ではするんだぞ」

明らかにからかって反応を楽しんでいる。むうとむくれる私に、大我くんはとびきり優しく微笑んだ。それは無意識の喜びがあふれた笑顔だった。

「ちづるはもうとっくに俺の嫁だけど、結婚式をしたらもっと実感するんだろうな」

「うん、なんかわかるよ。結婚式ってそういう儀式かもしれないね」

大我くんの肩に頭をもたせかけると、彼の膝の上で足をぐんぐん突っ張っていた守が私の顔に触れた。そのまま小さな指がぐにぐにと唇を引っ張ってくる。

「もう、痛いよ、守。結婚式は守も主役だから、いい子で頼むよ～」

「無理だろ。でもいいんだよ。赤ん坊なんて騒ぐのが仕事なんだから」

「確かにそうだねえ」

笑い合うと守も嬉しそうに「きゃあ」と歓声をあげた。


結婚式はクリスマスを過ぎた年末に決まった。場所は結局、東京の地元である吉祥寺パレスホテルとなった。過去私がお見合いをし、先日家族で宿泊したところだ。

理由はいくつかあるけれど、靖世さんの意見が大きい。『斯波さんのご両親やお友達も東京なのに、私のために新潟で式を挙げさせるわけにはいかない』と主張され、私たちも悩んでしまった。

確かに東京で式を挙げれば、地元の古い友人たちも数人は呼べるだろう。私と大我くんが幼い頃ともに遊んでいた男の子たちは、今も都内に住んでいて、大我くんはたまに連絡を取り合っている。キヨおばあちゃんも呼べるし、大我くんのご両親と吉井夫妻にも来てもらう手間が省ける。

『その頃は休薬期間で、もともと母に会いに行くつもりだったから』

年末年始に実母のキヨおばあちゃんに会いに行く予定だったらしい。それを大我くんの運転する車で行けるならありがたいと言うのだ。

靖世さんが無理をしているのではと心配し、主治医である内科のドクターに大我くんが相談した。術後の経過も良好で、現時点で旅行は許可できるとのこと。十二月の旅行直前にもう一度判断すると言われたそうだ。

結婚式の打ち合わせはほとんどビデオ通話でできる。当日の衣装試着だけ、どうしても現地入りしなければならないけれど、実際にプランナーと顔を合わせるのはそれくらいでいいそうだ。

事情を加味し、私たちは式場を東京に決めた。

十月に諸々の用事をこなすために、もう一度上京の予定を立てた。その前日に、久しぶりに前田さんから連絡があった。夏頃愛犬のチイちゃんの体調が悪く、老齢でもあるため、何かあったらと考えるとこちらからはなかなか連絡ができなかったのだ。

【チイは夏を越えて回復しています】

その報告にほっとしつつ、続く文言に声をあげてしまった。

【妻と再婚しました。別居婚ではありますが、母も妻も歩み寄っていきたいと言ってくれています】

もともとお姑さんとの不和で離婚したそうだけれど、前田さんが間に入ることで、和解の方向性を模索できるようになったのかもしれない。

一番はきっと、前田さんの奥さんへの愛情だろう。もちろん、チイちゃんの愛もあると思う。

「大我くん！」

明日の上京旅行の準備をしていた私は、食卓で守に離乳食を与えている大我くんを見やった。

「どうした？」

「前田さん……ほら、私のお見合い相手で、愛犬家の前田さんが」

「ああ、わかる」

「元奥さんと再婚したんだって！　あ、あのね、明日向こうに行ったら、お祝いを渡してきていいかな？」

大我くんは少し考えてから、うなずいた。

「めでたいことだから行ってくるといい。俺は親父と斯波総合病院に挨拶に行ってくるから同行できないけど。守も連れていくか？」

「うん、できたらお披露目も兼ねたいな」

友人とはいえ、元お見合い相手の前田さんを結婚式には呼べないと思っていた。守をお披露目するにはいい機会だし、私も奥さんやチイちゃんに実際に会いたい。

「ただ、そのあとにドレスの試着でしょ？　守も疲れちゃうかなあって心配で」

「守の服は買ってあるから、試着はいらないんだよな」

「うん」

守には赤ちゃん用のフォーマルをセットアップで購入してある。ジャケットにベスト、蝶ネクタイまでついたものだ。一回しか着ないかもしれないけれど、私たちの衣装のレンタル代よりずっと安いし、惜しみなく買ってしまった。

私と大我くんが試着する間は、交互に抱っこする予定だったけれど、疲れて機嫌が悪くなればうまくもいかないだろう。

「よし、待ってろ」

大我くんはスマホを取り出し、電話をかける。

「あ、母さん？　ああ、明日は顔を出す。そのことで頼みがあるんだけど」

大我くんの電話の相手は房江おばさんのようだ。もしかして、と思ったらあっという間に話をまとめて電話を切ってしまった。

「試着の間、うちの母親が守の面倒を見るって。ちづるが嫌じゃなければばって向こうは言ってる」

「嫌なわけないよ。ありがたいよ！」

房江おばさんは守にメロメロだけど、いつも私を気にして遠慮している。むしろ、孫と水入らずの時間を作るのはいいことに思えた。

「じゃあ、ちづるはその夫婦と犬のところに行ったあと、うちの実家で守を母親に預けろ。俺も病院の用事が終わり次第、式場に向かう。衣装をさっさと決めて、実家に守を迎えに行く」

「はい！　了解です、大我くん！」

「うちの母親が、夕飯を食べていけって言ってるからそのつもりで」

「うん！」

房江おばさんはこうして少しずつ私に打ち解けてくれるつもりなのだろう。とてもありがたいし、私も彼女に気を遣わせすぎないようにしていきたい。

いずれ時間をかければ、私たちも歩み寄れるようになるだろうか。前田さんの家庭のように。

「ほら、そうと決まれば、その前田某とやらの祝いの品を買いに行ってこい」

「わ！　そうだね！　駅ビルのインテリアショップがまだ開いてるだろうから行ってくる！」

「守は、俺とメシだぞ。ママにいってらっしゃいだ」

「あいあー」

慌ててコートを羽織る私に、守が軟飯でべちゃべちゃな手を振った。


翌日、準備万端で私たちは出発した。

観光シーズンなので、高速道路は下りの方が少し混雑していた。上りはスムーズでほぼ予定通りに高速道路を降りることができた。

まず大我くんのご実家に行き挨拶をした。そこからは別行動。大我くんは和之おじさんと斯波総合病院へ向かい、旧知の先生たちに結婚の挨拶などをするそうだ。

和之おじさんは現在の斯波総合病院と大我くんを繋げておきたいという気持ちもあるのだろう。

私は守を連れ、電車で近くの私鉄の駅に向かった。大我くんが送ると言ってくれたけれど、私たちの地元からは自転車でも行ける近さだし、駅前のカフェで待ち合わせなのでちょうどよかった。

時間ちょうどにベビーカーを押して到着すると、ペットもOKのテラス席に、前田さんと奥さん、そしてセントバーナードのチイちゃんが待っていた。奥さんとチイちゃんとは実際に会うのは初めてだった。

「雛木さん……！　あらためてご結婚とご出産おめでとうございます」

前田さんは四十代男性とは思えないほど、無邪気な明るい笑顔で迎えてくれた。幸福な新生活が空気で伝わってくる。

「前田さん、奥様、チイちゃん、ご結婚おめでとうございます」

私も手にしていたプレゼントを差し出し、頭を下げた。なお、再婚のお祝いは漆塗りの夫婦箸にした。

「ご丁寧にありがとうございます。前田がいつもお世話になっております」

前田さんの奥さんは物静かそうな女性で、写真よりおとなしい雰囲気だった。あのはつらつとした笑顔は、前田さんにしか見せないものなのだろう。

伏せていたチイちゃんがすっくと立ち上がり、私の方へ寄ってきてくんくんと匂いを嗅ぐ。それから守の足に鼻っ面を近づけた。

「わわ！　わわ！　あー！」

守は初めて近くで見た大型犬に大興奮で手を伸ばす。『わわ』というのは犬を指しているのだろうか。そこまではっきりものを指し示す言葉をまだ喋らない守だけど、もしそうならこれが最初の言葉かもしれない。

チイちゃんは自分から守にすり寄り、頭を撫でさせてくれた。なんて賢くておとなしいのだろう。

大人三人が挨拶や近況報告をする間、守はチイちゃんに夢中だった。チイちゃんも嫌がらず、守のそばにいてくれる。さすがに守が力加減できずに強く毛を引っ張ってしまったときは、困った顔をしていたけれど、私が引き離すとまた自ら守のそばに寄ってきてくれる。

「雛木さんとのお見合いがなかったら、僕は彼女に戻ってきてほしいとアクションも起こせなかったと思います」

前田さんがしみじみと言う。私も答えた。

「私もあのお見合いをきっかけに夫と歩み寄れました。前田さんのおかげです」

お互い紆余曲折を経て幸せな今があることを私たちは語り合った。ほんの一時間ほどのお茶会だったけれど、本当に楽しい時間を過ごせた。

前田さん夫妻とチイちゃんと別れ、ベビーカーを押して電車で地元に戻る。それから大我くんの実家である斯波家へやってきた。房江おばさんが守を預かってくれる。抱っこ紐の使い方と、ミルクの調乳だけ確認し、『あとは大丈夫』と房江おばさんが請け負ってくれるので、吉祥寺のホテルへ向かった。衣装室でドレスの打ち合わせがあるのだ。

プランナーさんと初めて対面で挨拶をし、大我くんが到着しないので先にウエディングドレスから候補を選ばせてもらった。

お色直しはしなくてもいいと思っているのだけれど、大我くんの意見も聞きたいところだ。

それにしても、真っ白なウエディングドレスがずらりとそろっている光景はなかなか壮観だ。私がこれらを着て、似合うかなあなんて考えてしまう。

守を産んでから、育児に一生懸命すぎて、ただでさえ飾り気のない顔はほぼ毎日ノーメイク。今日だって日焼け止めをつけて、アイブロウを少ししかしていない。

いやいや、大我くんは楽しみだと言ってくれたのだし、私だって大我くんが格好いいところは見たい。きっと大我くんはタキシードでもフロックコートでも紋付き袴でもすべて格好いいに決まってる。

「ちづる、待たせた」

大我くんが合流したのは私が衣装室にやってきて三十分ほど経った頃。

「何着か着てみたか？」

「えっと、まだ……」

「どうした？　やっぱり和装がいいか？」

「あはは、悩んじゃって。大我くんに選んでほしいなあって」

大我くんはふうとため息をついて言った。

「もっと、自分から楽しむクセをつけた方がいいぞ」

「え、楽しんでるよ！　結婚式は楽しみだし！」

「それならいいけど。ちづるは昔から、周り優先で自分は後回しだからな。下手すると自分は勘定に入れていないときすらある。俺はおまえにもっと主役になってほしいんだよ」

そう言って大我くんは私の前髪をかき分け、額にキスをくれた。とっさに周囲を見回してしまったけれど、プランナーさんも衣装室のスタッフさんも奥で作業中なのか見られていないようだ。

「ちづるが一番着たいドレスを選べよ。お色直しはカラードレスがいいか、色打掛にするかも考えろ」

「う、わかった……。じゃあ、張り切って選ぶね」

「そうしろ」

大我くんは本当に私に甘くて優しい。私は充分、自分勝手に生きているつもりだけど、彼はもっと私が自由でいいと考えてくれている。それが私の心を軽くする。彼の隣が居心地いいのはきっとそういう理由。

そのときだ。大我くんがポケットからスマホを取り出した。着信のようだ。

「母さん？」

着信は房江おばさんからのようだ。守に何かあったのだろうか。

大我くんは少し不審げに眉をひそめ、私にスマホを渡してくる。

「ちづるに代われって言ってる」

「はい、もしもし。ちづるです」

『ちづるさん？』

房江おばさんの声は少し切羽詰まっているように聞こえた。

『ねえ、あなた千寿子さんに守くんをお願いした？』

「え？」

『今、千寿子さんが来てるのよ。うちに』

母が？

どうして今、斯波家に来ているのだろう。私たちから借金を断られ、和之おじさんだってもう甘い顔は見せていないはず。

長く住んだ男性と別れたのは私たちに会いに来た二月だから、もうかなり時間が経っている。今、どこで何をしているのかもわからない母がどうして？

「何も……母とは連絡を取り合っていません。上京していることだって知らないはずです」

『ちづるさんに頼まれて守くんを預かりに来たって言ってるんだけど、やっぱり違ったのね』

房江さんは電話を繋いだまま移動しているようだ。それから『きゃあ！』という悲鳴が聞こえた。

『あの人がいない！　……守くんも！』

「え？　どうしたんですか？　房江おばさん」

『この電話をしに隣の部屋に行っている間に、千寿子さんと守くんの姿が……！』

背筋が冷たくなるのを感じた。

母が守を連れて斯波家を出ていったというの？

真っ青な顔になった私を見て、大我くんも何か起こったのだと察したようだった。

「どうした？」

「うちの母が守を連れ出したみたいなの」

どうしてあの人が？　お金がなくて自暴自棄になって？　私たちを恨んで？

言いながらまだ信じられなくて声が震える。

『どうしましょう！　警察に！』

「母さん、これからそっちに行く。警察の前に近くを捜してくれ」

大我くんが私からスマホを受け取り、房江おばさんに向かって叫ぶように言った。


私たちは衣装選びを中断し、ホテルから大我くんの運転で斯波家へ向かった。途中、吉井工場長夫妻と和之おじさんに連絡をした。どちらにも母は顔を出していないらしい。

和之おじさんが言うには先日電話があって、私たちが上京することは和之おじさんの口から伝わっていたようだ。和之おじさんは、自分の責任だから千寿子に連絡をすると焦った声で言っていた。

斯波家に到着すると、房江おばさんが涙ながらに私にすがりついてくる。

「ごめんなさい、ちづるさん。私が目を離したばっかりに」

「悪いのはうちの母です。赤ん坊に何かする人ではないと思いたいんですが……」

そう答える私も泣きそうだった。私の実母とはいえ、これは誘拐だ。どうしよう。守の身に何かあったら、生きていけない。

「落ち着け、ふたりとも。ちづる、携帯が震えてる」

大我くんに言われ、鞄の中のスマホにショートメッセージが来ているのに気づいた。電話番号があれば送れるものだ。母は私の現在の番号を知っている。キヨおばあちゃんへの年賀状に記載があったからだ。

嫌な汗が伝い、恐怖で指の先までがびりびりした。

【千寿子です。守を借ります。ちょっとお散歩させて】

母からだった。ちょっとお散歩だなんて、強引に連れ出しておいて、なんて言いざまだろう。

怒りに震えそうになりながらも、文面から守や私たちに害意があるようには感じられない。とはいえ、放っておいて帰りを待つなんてできない。

「私、捜しに行く」

「確かにこのまま千寿子おばさんが帰ってくるかもわからない。俺も行くから、母さんはここで待機していて、千寿子おばさんが戻ってきたら連絡をくれ」

私たちは房江おばさんを残して斯波家を出た。母はいったいどこに出かけたのだろう。暮れ行く秋の午後に焦燥を覚える。

ふと、傾き出した夕日がいつかの光景を想起させた。

「あ……」

母との数少ない思い出がよぎる。住宅地を延々歩いて、バスに乗って、あまり馴染みのないあの私鉄駅に。

「もしかして、あの駅のデッキ……。私、心当たりがあるかもしれない」

「そこに行ってみよう」

大我くんの運転で、私たちはその私鉄駅を目指して走り出した。

その駅は私たちの最寄り駅とは同じ私鉄が運営しているが、路線が違う。池袋方面に出るときはこちらが便利だけれど、私はこの駅を使ったことがない。

私にとって、母との思い出の中にしかこの駅は存在しなかった。十数年ぶりにやってきた駅周辺はずいぶん雰囲気が変わっていた。

近くに駐車場がなく、少し離れた有料駐車場に大我くんが停めている間、私は先に駅前デッキに向かった。デッキは改装が入ったようで綺麗に整備されていて、線路の向こうに抜けられる通路ができている。反対側には大きな駅ビルがあるようだ。

暮れ始めた日の色に照らされた線路にかかるデッキに、母の姿はあった。

「お母さん！」

振り返った母の腕の中には守の姿。母の肩に頭を預けて眠っているように見える。

「守！」

「歩いてるうちに寝ちゃった」

母はのんきな声で言い、それでも血相を変えて駆け寄った私に守を返した。

「あー、重かった。赤ちゃんってこんなに重たかったんだっけ？　私、あんまり抱っこしなかったもんね、あんたのこと」

「お母さん、どういうつもりなの？　守を連れ出して。これじゃ誘拐だからね」

母はしばらく黙っていた。夕日が眩しいようで目を背け、フェンスに近寄る。下は線路で、黄色い電車ががたんごとんと音を立てて走っている。

やがて、大我くんが追いついてきた。私と守の姿を見つけ、その表情がわずかに安堵で緩むのがわかった。

「ちづるはさ、私とこの駅に来たのを覚えてたんだ」

母が線路を眺めながら尋ねた。ぶっきらぼうな口調だ。

私はうなずき、答えた。

「子どもの頃、何度かお母さんと来た」

「ここね。あんたの父親と最後に別れた駅なの」

母はこちらを見ずに続けた。それは聞いたことのない母の過去の話だ。

「妻も子どももいるのにさ、私を妊娠させて捨てたとんでもない男。でも、最後まで優しかった。私も馬鹿だから、未練がましくあんたを連れてこの駅に来てたってわけ。会えるかなーって」

「私のお父さんとここで……」

「会ったら言ってやるつもりだったんだぁ。どうよ、ひとりで育ててんのよ、あんたの子を。バーカって。……結局育てらんなくて、自分の母親に押しつけて逃げて……私が一番どうしようもないわな」

母はふふっと自嘲気味に笑った。そのひっそりとした横顔は子どもの頃からよく見た顔だった。記憶の中の母は、酔っぱらっていなければいつもどこか寂しそうだった。

「もう、ちづるの前には顔を出さないから安心してよ。最後に一度、孫とあの頃ごっこをしたくて守を連れ出しただけ。孫に妙なことしないっての」

「ごっこって無責任な……。お母さん、この先どうするの？」

もう顔を出さないというのは何か意味があるのだろうか。どこか自棄に見える母を見つめ、それでも不安になる。

「死にゃしないわよ。ほら、長く付き合ってた男？　あいつとはあのあと、結局より戻したの。そいつがいよいよ鹿児島に帰るからついていってやることにしたんだわ」

「介護は嫌だって言ってたじゃない」

母は振り向いて胸を張った。

「だって、あの男は私が好きだって言うんだもの。一緒にいてやらなきゃ、可哀想でしょ。それに、まあ今まで好き勝手やってきたし、人生の後半くらいは多少誰かの役に立ってもいいかなって思ってんの」

上から目線で言って、それから母は大我くんに向き直った。

「大我くん、ちづるをよろしく。私は全然この子を大事にできなかったから、私の何倍も大事にしてやって。あと和之さんにも房江さんにもよろしく伝えて。迷惑かけてごめんねって」

「わかりました。千寿子おばさん、ちづるを産んでくれてありがとうございます」

大我くんは頭を下げたあと、真剣な表情で母を見つめた。

「俺にとっては、最初で最後の女です。一生にただひとりの恋人です。あなたがちづるを産んでくれたから、ちづると出会えた。それだけは感謝しています」

母はふっと面白そうに笑い、それから私を見た。

「ちづる、悪い母親でごめんね。産んでおいて愛してやれなかった。ごめん。許さなくていいわよ」

母は私を愛したくて産んだのだろう。だけどできなかった。それが母の幼さと性格だったのか、私の中に見えるかつての恋人のせいだったのか私にはわからない。

だけど、私は母がいなければ生まれてくることはできなかった。

守を抱く手に力を込める。そして私は、母をまっすぐ見つめうなずいた。

「うん、お母さんを許さない。私とおばあちゃんを置いていったこと、お金でみんなに迷惑をかけたこと」

それから顔を上げた。涙をこらえたから、たぶん変な顔になってしまっているだろう。

「お母さんのこと、大嫌いで大好きだったよ。元気でね」

母の顔が一瞬、本当に悲しそうに歪んだ。それは母もまた涙をこらえたからだとわかった。

「じゃあね」

母は私たちに背を向け、駅の構内に入っていった。

夕日は綺麗なオレンジ色で、私は眠る守の髪に顔を埋め、あふれてくる涙をこらえた。大我くんがそっと私たちを抱き寄せてくれた。

十二　幸せになろう

私たちの結婚式は年末に行われた。

ごく親しい人を招いたささやかな式だった。披露宴では、子どもの頃からの友人たちに挨拶ができたし、皆私と大我くんの結婚を喜んでくれた。守を見て誰もが『大我そっくり』と言うので笑ってしまった。

吉井工場長夫妻とキヨおばあちゃんも靖世さんと一緒に参列してくれた。この披露宴のあと、吉井電子の事務所でもパーティーをしてくれると聞いている。元同僚や、披露宴に招けなかった近所の人たちも顔を出してくれるそうだ。

和之おじさんと房江おばさんは、慣れないながらも守の面倒を見てくれ、私がお色直しや写真のタイミングでは預かってくれた。どうしても泣きやまないときは、靖世さんが手伝ってくれたらしい。

守は大勢の人たちに驚いて、挙式から泣きっぱなし。バージンロードは私が抱っこして一緒に歩いたのだけれど、ベールを引っ張り、ブーケをくしゃくしゃにして大暴れ。誓いのキスもままならず、私も大我くんも苦笑いしてしまった。

披露宴が始まる頃にはいつもの調子を取り戻し、きゃっきゃと明るい笑い声をあげて愛嬌を振りまいては列席者を楽しませていた。

しかし、途中からすっかり飽きたようで、床をハイハイして回り、いろんな人の足元でつかまり立ちをしてみせては『どうだ?』という顔をしていた。

とにかく最初から最後まで守に振り回されっぱなしのお式だった。みんな笑っていたし、楽しそうだった。

「ちづる、疲れたら言えよ」

終始私を気遣ってくれる大我くんは、タキシード姿で髪型もぱりっとまとめていて、ものすごく格好よかった。外科医というよりファッションモデルみたいだ。元から顔立ちが綺麗な人だけれど、こうしてフォーマルな装いをすると、別世界の人のように光り輝いている。

私はプリンセスラインのふんわりしたウエディングドレスを選んだ。袖や胸元がショールになっているもので、この部分もだいぶ守がしゃぶったりしたわけなのだけれど。

実は、こういう映画のお姫様みたいなドレスを着てみたかったのだ。一生に一度お姫様にしてくれた大我くんには感謝しかない。

大我くんの隣に私がいていいのかなんて、昔はよく思ったけれど、もうそんなことは考えない。大我くんが私を望む限り私は離れないし、彼がそもそも離してくれないだろう。そして私たちには守という大事な存在がいる。

「は～、疲れたね～」

吉井電子での二次会も終え、私たちは式をしたホテルに戻ってきた。今日は結婚式のプランでスイートルームに宿泊だ。広々とした部屋には、結婚式で使われた花が飾られ、テーブルにはデザートに振る舞われたマカロンと紅茶のセットが置かれてある。私は大我くんのコートを預かり、自分のコートも脱いでかけた。それからベッドに腰を下ろす。

一日中多くの人に囲まれ、たくさんの話をし、祝福された。私と大我くんを子どもの頃から知っている人たちは、誰もが私たちの結婚を喜んでくれ、守を可愛がってくれた。

「ちづる、ずっと笑ってたな。楽しかったか？」

大我くんが荷物を置き、抱っこ紐の中で眠ってしまった守をそっとベッドに下ろす。防寒のカバーオールを脱がせるときに、もぞもぞ身じろぎをしたけれど、布団をかけてお腹をとんとん叩くと再び健やかな寝息をたて始めた。

「うん。結婚式っていいね。みんなが笑っていて、楽しそうで」

「俺はちづるが楽しんでくれたならそれでいい」

大我くんは穏やかに言って、窓の近くのカウチソファに腰かけた。私は歩み寄り、屈み込んで彼にキスをした。

「積極的だな」

「そういうんじゃなくて！　嬉しいな、幸せだな、ありがとうって思ったらキスしたくなったの」

「何年経っても真っ赤になって照れるおまえが可愛いよ」

大我くんが腕を伸ばし、私の腰を捉える。そのまま彼の胸に倒れ込むように抱き寄せられた。大我くんの匂いは安心する匂い。

「大我くん、本当にありがとう。大我くんと出会えて、恋をして、守を授かって、今日結婚式をして……私、生きてきてよかったたって思う」

「一度逃げられたけどな」

そう言って意地悪に見下ろしてくる大我くん。私は「ゴメンナサイ」と気まずくうつむく。

そんな私の顎を持ち上げ、大我くんが口づけてきた。甘くとろける時間をかけたキスだ。

「子どもの頃からちづるが好きだった」

唇を離して、大我くんがささやく。

「好きで好きで、絶対に嫁にするって思ってた。色々あったけど、今日おまえのウエディングドレス姿を見て実感した。ああ、ちづるが俺の嫁さんになったって。結婚式は俺がしたかったんだ。ちづるの晴れ姿を誰より一番俺が見たかった」

「そうだったの？」

「たぶん、天国のちづるのばあちゃんやじいちゃんも見てる。なあ、ちづる、もう勝手にどこにも行くな。不安になるな。寂しく思う必要なんかない。おまえの家族は俺で、それはもう一生おまえが死ぬまで変わらない」

大我くんが私の目元に口づける。それが私の涙をぬぐうための所作だと知っている。

「うん、私も大我くんといる。守が巣立っても、年を取っても、最期の瞬間まで一緒にいる。幸せにするって約束したでしょう」

大我くんの頬を両手で包み、私はキスを返した。

「私ね、ずっとずっと、寂しくなんかなかったよ。小さい頃から、隣に大我くんがいてくれたから」

抱き寄せる強い力に身を任せる。どこまでも安心できるこの愛情を、私は与えられ続けていた。

「愛してる、ちづる」

「私も」

ささやく声はキスに吸い込まれていった。

エピローグ

この町に来て二度目の春がきた。私は二十七歳、四月が誕生日の大我くんは三十歳になった。守は一歳五ヵ月。もう立派に歩くし、お喋りも上手で『ぱぱ、まま』と呼ぶようになった。犬のチイちゃんの写真を見れば『わんわ』と嬉しそうにしている。

今考えてみても、やはり守の最初の発語は『わわ』というチイちゃんを指すものだった気がするので、パパとママは後れを取ったねと大我くんとは笑って話している。

ともかく、家族三人元気に春を迎えている。

「靖世さんが作ってくれたおこわ、美味しいなあ」

「なー」

桜がほころび出した公園のベンチに腰かけ、私は空を見上げた。守が私の口真似をして、おこわのおにぎりをぽろぽろこぼしつつも口に運ぶ。それを拭き取ってあげるのは、守を膝にのせた大我くんだ。

今日は三人で春の公園にお花見に来ている。東京よりひと月は遅い桜前線で、桜は三分咲きといったところ。肌寒さもあり、ちらほらと散歩する人があるばかりだ。次の週末はきっと大勢の花見客がこの公園を訪れるだろう。

「ほら、守。人参も食べろ」

お弁当のお重から柔らかく煮た人参を取り出し、守の口に運ぼうとする大我くん。

「やー」

守は人参をよけ、手の中のおこわをむしゃむしゃ食べている。

「おい、ちづる。守が人参を食べない」

「大我くんだって、子どもの頃、煮物のしいたけが嫌で全部私のお皿に移したじゃない」

「あれは子どもだったからだ。もう食べられる」

「じゃあ、守もそのうち食べられるようになるよ」

私がさらっと答えると、大我くんはまだ納得いっていない顔をしている。医師として食育について考えているのかもしれないけれど、守はなかなか頑固な性格で嫌なものは絶対に拒否なのだ。

好き嫌いが多いわけではなく、葉物野菜や芋類は好きなので、人参くらいの拒否は大目に見ている。それに、そういった性格は誰かさんそっくりなんだけどなあと私は思っている。

「いいお天気。気温は低いけど、この日差しならあっという間に桜も満開だね」

「県内に有名な花見スポットが結構あるぞ。次の休みは車を出すか？」

「それもいいね。またお弁当作って。靖世さんも誘おうか」

「ぱぱ！　まま！」

守が叫んだ。見上げると、空に雲を描いて飛行機が飛んでいる。比較的下の方を飛んでいるようで、機体の姿がはっきりと見えた。

「守、そのうち飛行機も乗ってみような。世界中を見に行こう」

「わ、私も乗ってみたい。乗ったことないの」

便乗して言うと、大我くんが優しく瞳を細めてこちらを見る。

「当たり前だろうが」

その笑顔の眩しさに私は嬉しくなる。私の大好きな人は、本当に美しい人。笑顔も空気も愛情も、いつだってキラキラと私を満たす。

「楽しいことをたくさんしよう。俺とちづると守で」

「うん！」

幸せを積み重ねて、生活にしていく。そうやって生きていこう。大好きなあなたとともに。

番外編

ヒグラシの鳴く声が聞こえる。残暑厳しい時期で、診察室はまだ寒いくらいの冷房が効いていた。診療時間が終わったあと、俺は残務を片付けていた。カルテの整理に手術計画の文書化。明日外科部長に相談することもまとめる。やることは多い。

「斯波先生、まだお仕事されていたんですか？　もう上がってください」

若い看護師に声をかけられ、時計を見る。今日の退勤予定時刻は過ぎている。

「ありがとう。これが終わったら上がるよ」

「そんな悠長なことを言ってる場合ですか？」

若い看護師は、眉間に皺を寄せて腕を組んだ。

「奥様が今まさに陣痛に耐えているんですよね」

俺は彼女の顔を見て、にこっと笑い返した。俺の素は威圧的にも冷たくも見えるらしいので、意識的に穏やかな表情でいるよう心がけている。

「そうだね。早く行ってやりたいのが本音」

「それでしたら」

「だけど、俺が自分の仕事を放り出して駆けつけたら妻に怒られる。彼女はそういう人なんだよ」

看護師は目を丸くし、それからふふっと笑った。

「それは余計なことを申しました」

「いえいえ」

「斯波先生、奥様を信頼していらっしゃるんですね」

「そりゃあね。俺が好きになった人だから」

俺はなんの臆面もなく言いきって、またにっこりと微笑んだ。早くちづるの元へ行ってやりたい。急く気持ちを抑えて、俺は残りの仕事に向かい合った。


子どもの頃から、俺とちづるは一緒だった。

幼馴染みの小さな女の子。くりくりとした目が愛らしくて、ふわふわのクセ毛で、子犬みたいに元気に俺のあとをついてくる女の子。

『仲良くしてやりなさい』と父親に言われ、最初は仕方なく男子の遊び仲間に入れてやった。正直に言えば、ふたつ年下のちづるは足手まといだった。身体も小さく、足も遅い。男子の遊ぶペースに必死についてくる負けん気はあっても、この年頃の二歳差は大きい。

ただ、ちづるはへこたれなかった。グループの和を乱さないよう、俺が厳しい声をかけても、めげることなく食らいついてくる。何より、ちづるは俺によくなついた。

やがて、俺もこの小さな妹分を気に入るようになった。ともにひとりっこ同士ということもあり、仲は深まっていった。

ちづるの母親の千寿子おばさんが出ていってしまったのはちづるが小学三年のとき。ちづるは呆然としながらも、どこかで自分が悪いのではないかと考えているように見えた。俺からしたら悪いのは千寿子おばさんだ。お酒ばかり飲んで遊び歩いて、ちづるをちっとも可愛がらない。

祖母とふたり寂しそうに暮らすちづるを見て俺は考えた。俺がちづるの家族になろう。心細くないようにずっと隣にいよう。大人になったら、結婚して夫婦になろう。

子どもらしく自分勝手にそう決めた。だけど、当時小学五年の俺は、それをちづるに告げるのをためらった。あとから考えれば、このときにはすでにちづるを意識していたのだろう。

中学に進学しても、俺たちの関係に大きな変化はなかった。誰よりも近くにいる幼馴染み。俺だけが勝手に、将来嫁にもらうと誓っているだけで、本人は何も知らない。

俺とちづるの仲に割って入ろうとする人間は、逐一排除し続けた。ただ、長く俺はこの感情を恋愛感情だとは思っていなかった。家族愛が一番近い。ちづるを守りたいから結婚を望んでいるだけなのだ。

俺が自分の認識を大きくあらためたのは、高校一年のバレンタインだ。

俺の通う公立高校はちづるの中学と近く、帰りに待ち合わせて帰ることも多かった。この日、ちづるは俺にバレンタインのチョコレートを渡してきた。それ自体は毎年の恒例行事だったので、俺もいつも通りに受け取った。

『今年はちょっと特別。手作りなんだ』

ちづるはそう言って照れくさそうに笑った。開けてほしいというので、ちづるのアパートで開封した。チョコレートはカップに流し込んでナッツがのっただけのいかにも初心者向けといった手作り品だ。ギンガムチェックのラッピングバッグに包まれている。

だけど、それらはちづるが一生懸命作った感じが出ていた。添えられたカードにはひとこと。

【大我くん、いつもありがとう。これからも一緒にいてね】

それはちづるからすれば、日ごろの感謝の延長だったのだろう。しかし、俺は一瞬にして心臓が苦しくなり、頬が熱くなるのを感じた。

ちづるは俺といたいと思っている。この先もずっと。俺も同じだ。

『大我くん、顔赤い。熱あるんじゃない？』

ちづるに言われ、俺は焦った。たった一枚のカードで浮かれて赤面してしまうなんて。恥ずかしいやら悔しいやらで、敢えて不機嫌な顔を作る。

『熱なんかねーし。よし、ちづるが作ったモンがうまいかチェックしてやる』

わざと偉そうに言って、チョコレートを口に放り込んだ。甘いミルクチョコレートは口の中ですぐにとろけた。

『どう？　ちゃんとチョコになってる？』

『溶かして型に入れただけなんだから、チョコの味で当然だろ？』

憎まれ口に、ちづるは唇を尖らせて反論する。

『ただ溶かすんじゃないんだよ。大我くん、全然わかってない』

文句を言うちづるを横目に、チョコをひょいひょい口に運ぶ。ちづるが俺のために作ってくれたチョコレートは、恥ずかしくてむずむずして、すごく甘い。

料理ができるのは知っているし手伝っているところも見ている。この家の夕食などは口にしている。だけど、このチョコは俺のためだけにちづるが頑張って作ってくれたものなのだ。それがどうしようもなく嬉しい。

守ろうと思っていた妹は、いつの間にか俺にとってただひとりの女の子になっていた。愛しくて大事で、何物にも代えがたい唯一。恋を自覚した瞬間だった。

俺が大学に上がった年にちづるの祖母が亡くなった。鶴子ばあちゃんには俺もずいぶん世話になったから、悲しかったけれど、何よりひとりぼっちになってしまったちづるが気がかりだった。俺は医学部生、いずれは医師になり親の跡を継ぐ。学生の立場ならずっとちづるのそばにはいられない。

ちづるが高校在学中は、近所の人や吉井電子の社長夫妻が何かとちづるの面倒を見てくれた。俺も同じように暇さえあればちづるの元に通い続けた。

『大我くんは本当のお兄ちゃんみたいだね』『大我くんがいればちづるちゃんも寂しくないだろう』

周囲の人に言われたことがある。内心、もっと言ってくれと思っていた。ちづるにもそう思ってほしい。そばにいてほしいと考えてほしい。しかし、ちづるはやんわりそれを否定するのだ。

『大我くんはお医者さんになる勉強中なんです。だから、忙しいんですよ』

どうしてそんなことを言うのだろう。俺とちづるが切っても切れない仲であると周囲はわかっているのだから、ちづるもそれに従えばいいのだ。

いっそ高校卒業と同時に結婚してしまえばいいのではないかと思ったけれど、そもそも俺はちづるに好意すら伝えていなかった。大人になればなるほど、ちづるへの気持ちは大きくなるのに、口にするのは難しくなっていた。こんなことなら、気安く言える年齢のうちに約束を取りつけておくんだったと後悔したものだ。

ちづるが俺を大事に想っていることだけは間違いなく感じていた。それならば今はそれでいい。もっと大人になってちづるを守れる立場を得たら、この気持ちを伝えよう。


そんなことを考えていたものだから、研修医時代にちづるに見合いの話が持ち上がったときは本当に焦った。絶対に阻止だ。長年、ちづるに男が近づかないように画策してきた。今更他の男にかっさらわれてたまるものか。

しかし、ちづるは俺と結ばれないと考えている様子。お互い好意は感じ合っているのに、どうして諦めようとしているのか。おそらくは、斯波家に相応しくないとでも思っているのだろう。そんな思い込みは許さない。何より、俺以外の男との結婚なんて絶対に許さない。

二十数年言えなかった気持ちをぶつけて、無我夢中で抱いた。気持ちを伝え合い念願の恋人同士になれた喜びは、想像以上だった。

晴れて医師になったタイミングでプロポーズしたのも、ちづるに完璧な幸せを与えたかったからだ。俺の隣でいつまでも平穏に暮らしてほしい。すべてのことから俺が全力で守るから。

ところが、誓い合ったはずの愛から逃げ、ちづるは消えてしまった。絶望で前が見えなくなるような感覚が忘れられない。

俺の父親の依頼で、身を引いて消えたとわかったのが半年後。何度だって俺たちを引き裂くのは家の事情で、もう我慢は限界だった。

心当たりのある吉井電子を訪ね、今の居場所を頼み込んで聞き出した。そして知った。ちづるのお腹に俺の子がいる。男の子だそうだ。

もうこうしてはいられない。一刻も早く迎えに行かなければ。

雪の降る町で再会したちづるは、俺を拒絶したけれど、その顔を見れば変わらない気持ちを感じ取れた。どれほどお互いに想い合っているかが伝わる。

生ぬるい手段を講じるのはやめた。ちづるにはわからせないといけない。おまえが選んだ男はおまえしか見ていない。おまえにしか執着していない。絵空事のお仕着せの幸せをあてがう暇があったら、どれほど俺に愛されているか理解させてやる。

もっと早くこの決断をすべきだったのだ。俺にはちづる以上に大事な存在はいないのだから。

あの日から四年と少しが経ち、俺たちは夫婦として家族として、同じ町で暮らしている。

この先も俺は伝え続けるのだろう。誰より大事なのはちづるだと。


「パパー！」

病室に入ると駆け寄ってきたのは守だ。三歳九ヵ月の守は我が子ながらやんちゃでうるさいくらいの男児だ。自分でも感じるが、幼少期の俺にそっくりだと思う。

「赤ちゃん、まだ出てこないー！　ぼく、ずっと呼んでるのにー！」

俺の腕にぶら下がってぶうぶう文句を言う守を岩名さんが引きはがす。

「こら、守くん。そんなこと言って妹ちゃんを急かしちゃいけませんよ」

岩名さんは今日も家族同然で一緒にいてくれる。第二子出産に挑むちづるをサポートしてくれているのだ。

「大我くん、お疲れ様」

ベッドの背もたれを上げて身体を預けた格好でちづるが手を振った。陣痛で入院してから四時間、まだ余裕がありそうだ。

「どうだ」

「陣痛はきてるけど、なかなか間隔が短くならないの。守のときは結構早かった印象なんだけど、この子はのんびりなのかなあ」

俺はちづるの手を握る。ぎゅっぎゅっと何度か握ると、同じようにちづるが握り返して、あどけない表情で笑いかけてくる。昔から変わらない隙だらけの笑顔だ。

「靖世ばあちゃん、アイスたべにいこー」

守は岩名さんの膝にのり腕をぐいぐい引っ張って誘っている。大方、俺が来たからママは任せてOKとでも思っているのだろう。息子はそういう妙な賢さがある。

「もう、守くんたら。ちづるさん、少し連れ出してくるわね」

「助かります。まだまだかかりそうなので」

岩名さんと守が病室を出ていき、足音が遠ざかっていく。俺はなんのためらいもなくちづるの頭を胸に抱き寄せた。

「た、大我くん？」

「ふたりきりだし、いいだろ」

「ここ病院で、私これからお産」

「だから元気を分け与えてるんだろうが」

腕の中のちづるを見下ろすと、照れたように見つめ返してくる。

「あの、そういうことなら、もう少し元気を分けていただけると……」

ちづるなりの甘えた声音が可愛いので、頬を撫で、柔らかな髪をかき分けると、唇にキスを落とした。

「ちづる、赤ん坊を頼む。無事に出産を終えてくれ」

「任せて」

家族が増える。俺にとって世界でただひとり大事なのはちづるだけれど、守と生まれてくるこの子だけは例外だ。何かあったら、俺の命だってくれてやれるかけがえのない存在だ。俺の子を産んでくれるちづるにあらためて深い愛情を感じ、家族が増える喜びを噛み締める。

「あたた、また痛くなってきた。大我くん、腰さすって」

陣痛に顔を歪め、身を丸めるちづるの腰を撫でながら、俺はささやいた。

「安心しろ。ずっとそばにいる」

END

あとがき

こんにちは、砂川雨路です。『溺甘パパな幼馴染みドクターは、婚約破棄を選んで秘密のママになった私を執着愛で逃がさない』をお読みいただきありがとうございました。

幼馴染みのふたりは両片想いを成就させますが、これから幸せになるぞというタイミングで離れなければならない事情が持ち上がります。ヒロイン・ちづるのお腹には赤ちゃんが……。

ちづるは愛する人たちのために大きな決断をしますが、それが本当に正しかったのか、真実の幸せとはなんなのかをのちに考えることになります。恋と愛、周囲の人との関わり、妊娠出産を経て、ちづるが人間的に成長していく姿を描きました。

そして中盤以降は、追いかけるヒーロー・大我のずっしり重めの執着愛をお楽しみください。積年の想いを全力でぶつけてくる大我は、作者好みの愛の重たいヒーローです。ふたりのベビーの成長もぜひ見守っていただきたいです。なお舞台になった町は、新潟県長岡市をイメージしました。練馬区西ノ関町は架空の地名です。

本書を出版するにあたり、お世話になった皆様に御礼申し上げます。

美麗で幸せあふれるカバーイラストを描き下ろしてくださいましたhato先生、ありがとうございました。ちづるのほんわかな雰囲気と赤ちゃんの可愛さも嬉しいのですが、大我がイメージ通りで、作者の私がキュンキュンでした。

デザインをご担当くださったデザイナー様、本作もお世話になりました。とても素敵でした。ありがとうございました。

ご担当のおふたりにはいつも大変お世話になっていますが、今作は節目になったように思います。もっともっとたくさんの作品を一緒に生み出していきたいので、これからもよろしくお願いします。

最後になりましたが、本作を手に取ってくださった読者様に御礼申し上げます。いつも応援してくださる方、本作を通じて興味を持ってくださった方、まだまだ書いていきますので、今後も楽しみにお待ちいただけると嬉しいです。

それでは、次回作でお会いできますように。

砂川雨路

マーマレード文庫

溺甘パパな幼馴染みドクターは、婚約破棄を選んで秘密のママになった私を執着愛で逃がさない

2023年3月15日　第1刷発行　定価はカバーに表示してあります

著者　砂川雨路　©AMEMICHI SUNAGAWA 2023
発行人　鈴木幸辰
発行所　株式会社ハーパーコリンズ・ジャパン
東京都千代田区大手町1-5-1
電話　03-6269-2883（営業）
0570-008091（読者サービス係）
印刷・製本　中央精版印刷株式会社

Printed in Japan ©K.K. HarperCollins Japan 2023
ISBN-978-4-596-76953-4

m a r m a l a d e b u n k o